LOVE AND GOODBYE

日不落的逃亡

姜晓彤 著
Written By Candy

作家出版社

满纸烟霞才女书（序）

邱华栋

一代人有一代人写的书，因为，很自然，“江山代有才人出”，一代人有一代人的故事，那就需要每一代人来讲述属于他们自己的故事。

中国当代文学史就是这么走过来的：“抗战”那一代讲抗战的故事，“右派”那一代讲反右、劳改和下放的故事，“知青”一代讲上山下乡和返城的故事，“60后新生代”比如我们，就讲述90年代以来的城市故事，“70后美女作家”们讲述美女自己的故事，“80后”的郭敬明和韩寒们，则讲述21世纪物质时代里的物化与繁华和新一代人的反叛故事。

现在，轮到“85后”的才女姜晓彤给你讲更年轻的人的故事了。

我喜欢看才子、才女写的东西，因为，我自己当年就是才子啊。我小学五年级就开始喜欢文学，18岁就出版小说集了。我也认识很多才子、才女，上述的几代作家，很多人当年都是才子、才女，因为文学必须要有天赋，加上后天的勤奋才能成功。就是这些才子、才女，书写了长江后浪推前浪的文学的浪涛，把当代文学的面貌不断地改变。

这个姜晓彤，这个“85后”的才女，出生于1989年。她才20岁，就已经独自在英国生活5年了，什么事情都要靠自己安排和决定，了不起，和其他那些30岁了还叼着奶瓶子做“啃老族”的“80后”大不一样。

这本《日不落的逃亡》，是一本才女书。如同每一本书都是作家本人隐形或显形的自传，这本书表面看，有自传性。作者还年轻，那就更不容易超越出自己的生活，肯定写的就是自己的经验和心灵感知的世界。

《日不落的逃亡》，你听，名字就和日不落帝国——英国联系起来了。一看就知道，这是新一代人在全球化时代里成长起来的人，在讲述他们的故事的书。而他们的故事，则有着某种放到四海都通用的感受。

可是，为什么要“逃亡”呢？书名没有告诉我们详情。是向日不落帝国的逃亡，还是从日不落帝国逃亡，或者，是一个叫日不落的人要逃亡？

看到这本书的第一页，我的脑子里出现了上述三个疑问。

我还想起法国诗人兰波的一句诗：“生活在别处。”是呀，对于年轻人，生活总是停留在别处，在更远的地方，年轻人，只有你们才可以扇动翅膀，随便逃亡到你想去的地方。可是，其实，作为中年人，我明白，你总是要回到你出发的地方。

生活，有时候就在你现在所处的地方。而小说最终给了你明确的回答，给了书中的主人公每个人不同的结局。

这本小说的语言我很喜欢，充满了灵动的气息。作者是女孩子，自然，文笔就很细腻。小说带有青春期或者青春末期的那种伤感和动情，隐约讲述了一个和爱情有关的故事。但是，且慢，这不是一本标准的爱情小说，而是一本带有想象色彩的、虚幻的、感性的心理小说。

这本小说的人物形象不多，但是却非常立体化，也很个性化。在小说中，安瑶，你可以把她当作作者的化身，一个想象的自我，一个变形和夸张的另外一个女孩子，她在16岁这一年的境遇。安瑶、夏雅雅和酒吧键盘手Silver，三个人形成了小说人物简单而又有纠葛的关系，每个人不同的性格决定了他们的命运走向。

这本小说的故事非常动人，是这些年少见的一本青春小说。主人公安瑶，喜欢上一个乐手——这看上去多少和村上春树的那些小说有些瓜葛，可是，作者书写的，却是自身的少女情怀，讲述的也是一个贴身的、带有朦胧的美感和清晰的痛感的伤别离的故事。

我看了很多“80后作者”写的小说，大都触及到感情，但是，有的写得矫情，有的写得缥缈，有的写得肮脏，有的又写得过于虚幻。而这本小说则写得具体可感，生动隽永。安瑶和夏雅雅，这两个女孩子的关系又很好，她们共同喜欢一个男生，于是，一个潜在的三角、同性、异性、双性的感情故事，就徐徐地展开了，最终，一个女孩子选择了逃离，而另外一个女孩子也没有得到她想要的，自杀身亡。这么一个青春的遭际，被作者撕开了给你看，有着别样的美丽、疼痛和忧伤。

青春的迷离、伤情和美感，玻璃一样的纯粹、透明和面纱一样的朦胧和氤氲，是这部小说的气质。我喜欢小说中的那种透明感、跳跃感和饱满的情绪，这是最年轻一代人对世界的描摹和想象，测度和表达，是我们这些成人距离越来越远的世界，但是，它存在着，存在于姜晓彤如花的笔下那用文字搭建的小说的世界中，也存在于那些期许着生活在脚下、也在远方的年轻人的心中。

2010年2月28日元宵节

邱华栋 1969年生，著名小说家。16岁开始发表作品，18岁出版第一部小说集，19岁被破格录取到武汉大学中文系就读。至今已出版长篇小说《夜晚的诺言》、《白昼的躁动》、《正午的供词》、《花儿，花》、《贾奈达之城》、《单筒望远镜》、《骑飞鱼的人》、《教授》等8部，中短篇小说集《黑暗河流上的闪光》、《都市新人类》、《把我捆住》，散文集《绝色喀纳斯》，诗集《花朵与岩石》、《从火到水》、《光之变》，随笔集《私人笔记本》，电影研究《电影大师108将》，书评集《和大师一起生活》，游记《日本意象》等，共50多种，500余万字。多部作品被翻译成法文、德文、日文、韩文、英文、越南文发表和出版。曾获庄重文文学奖、上海文学奖、《山花》文学奖、老舍长篇小说奖提名奖等10多次。曾任《青年文学》杂志主编，现任《人民文学》杂志主编助理兼编辑部主任。

目录
Contents

引 子

“安瑶，安瑶，救我……”夏雅雅发出绝望的哭喊声。黑暗中安瑶企图抓住她急速下坠的身体，然而手里只有荡然无存的空气。安瑶的眼泪刹那决堤。一双手从后面抱住安瑶颤抖的身体，一个声音轻轻地说：“傻孩子，一切都会过去的……”

唔——安瑶一身冷汗地从床上坐起来，擦拭着梦里残留的泪水。她看看床尾安然无恙的笔记本电脑和几张VCD光盘，知道自己又在电影的持续里浑然入睡。床头摆着两只闹钟，这是安瑶几年来养成的习惯，一只是英国本地时间，一只是中国的时间。她刚要起身下床，周乐就小心翼翼地推门进来。

“我听到声音，知道你起来了。”

“嗯……”

周乐坐到安瑶身旁，在她的额头上轻轻吻过。安瑶麻木地坐在那里，她看着面前残余着书生气的男朋友。周乐同自己一样生活在这个享有日不落帝国之誉的地方，他却是跟随父母在比自己更早的时间来到这里，如今已经是博士生，读着炙手可热的生物工程。安瑶从来不喜欢斯斯文文的男人，和周乐在一起，她总觉得是某种代替。

“又做噩梦咯？”

“嗯。”

“还好吗？”

“……”

安瑶起身走到厨房给自己倒了杯咖啡。她看着窗外冰蓝的天，是在家乡永远无法看到的清澈。她喜欢这里，没有回忆的城市让人轻松自如。这个假期她早已和周乐约好去苏格兰，这要等周乐的实验报告完成后。

“对了，安瑶，你手机凌晨的时候响了。”

“吵到你了吧？应该是没电吧！”说着安瑶漫不经心地翻出手机。

啪啦——

啊，安瑶手里的咖啡杯猛地摔到地上，砰地碎裂开，滚热的咖啡溅到安瑶的脚上。她失声尖叫。周乐听到声音迅速赶来，看到一地流淌的咖啡和杯子的碎片，满地狼藉。而安瑶则无动于衷地握着手机，以空洞的眼睛看看他，又低头看回手机。

“安瑶，安瑶，你没烫伤吧？怎么啦？谁打来的电话？别乱动，小心扎到。”

周乐弯下腰一边收拾地上杯子的残骸，一边问。

安瑶终于缓过神。不，他怎么会知道我的手机号码，他消失那么久。我以为他再也不会找我。他是有重要的事情吗？以他的性格，不会在无所事事时试图联系我……安瑶不断问自己。手机上显示的是一个再熟悉不过的号码，越洋电话前面缀着+86。

“我没事。”

安瑶顿了顿，似乎在斟酌如何把这话说出口。

“那个……周乐……”

周乐抬起头，不解地看着她。

“我不能陪你去苏格兰了。我需要回国。立刻。”

安瑶坐在候机室等待登机。她不敢想象自己做出了多么疯狂的事，昨天早晨还在享受着美好的蓝天，做如何和周乐度过冗长假期的打算，却即刻买下翌日机票。因为临近起飞，机票价格贵得吓人，但她早已顾不得这么多。她彻夜未眠，清早坐火车到伦敦，再辗转着到了机场。这一刻已经准备登机了。

她没有向周乐做任何具体的解释，周乐看出她主意已定，只好不再多说。他知道安瑶总会做些出人意料的事情，并且讨厌别人过问。早在自己初识安瑶的时候就听说这个一年级学妹沉默寡言难以捉摸，一张洋溢着才气和美丽的脸，让许多人望而却步。交往后周乐发现，她像某种食人的植物，很特别。可以说，他是自己认识的女生中最为特别的。周乐明白她完全可以让所有人喜欢她，但她不要，她似乎企图掩藏某种绝望的疼痛感，她的脸上总浮现出无限哀伤，也拒绝所有人的接近。

周乐一直没有告诉安瑶，自己曾和母亲提起这个女孩，希望她毕业后能与自己结婚。

安瑶看看手表，还有几分钟便要登机，她犹豫着是否要买瓶矿泉水。这时手机响了起来，不是周乐特有的铃声。安瑶颤抖地拿出手机到眼前，刹那又没了心跳。

“喂？”

…………

在长久的沉默后，对方啪地挂断电话。安瑶心痛地想起，之前他答应自己，永远不会先挂掉自己的电话。是那件事，改变了我们吗？还是一切都早被命运安排？！安瑶不容自己多想，打开手机给对方发了一条短信：

我临时买的机票，明晚到家。你的事情，一定很重要，我决定当面说。你知道可以在哪里找到我。相信这段时间内，你过得很好。祝你快乐。

最后那句祝福说得极为尴尬，安瑶突然想起梁静茹的一首歌——《不是我不明白》。那里面有句让她记忆深刻的歌词：

再见面前
一直想象还有某种关联
但客气是拒绝……

这难道，就是在唱自己？

两天后。

“安瑶，准备一下，该你上台了！”

梳妆镜前的女孩闻声抬头，灯光下是苍白妖冶的脸。她站起身，10厘米的高跟鞋不经意地趔趄一下，又被她强作优雅地踩着。

这是一家被所有夜店动物们熟知的酒吧——Flame。到处镶着切割独特的镜子，各色彩灯，映出人们沉迷眷恋的神色。从酒保、DJ到跳舞的年轻女孩，无一例外都很出色。空气里充斥着情欲和酒气，还有老板喜欢的Armani香水，铺头盖脸。

这里流行一句话，只有你得不到的，没有你不想要的。

安瑶已经在这里待了两天。有时她坐在吧台看调酒师调酒，有时换上缀满亮片的裙子钻到高台的栏杆里肆意扭动。她只喜欢同自己熟稔的人或物在一起，于是她又来到这里。她极少和客人说话，没人知道她与这家酒吧到底有何关系，只知道过去的夏天她都在，亦算是小有名气。Flame的常客最终给这个神秘女孩起了个名字：Shadow。安瑶想到Josh Hoge的同名曲：

Try to run
I try to hide
I leave your memory behind……

歌声深情款款，略微伤痛，是安瑶喜欢的声音。

已是凌晨一点多，安瑶抱着吉他在幽暗的灯光里唱一首缓慢的英文歌。这是让很多人触景生情的时刻。突然安瑶右眼突突地跳，她预感到什么。在间奏的空隙拿起脚边的酒杯，一饮而尽。

毫无预兆，夏雅雅的脸庞再一次飘到她眼前。她又听到夏雅雅懒散的声音。小瑶，你爱我，就把你的幸福让给我。仿佛就在耳边。

安瑶闭上眼，企图忘记夏雅雅在空中被风吹翻的连衣裙。她脸上那无法挽救的恐惧和最后定格一地的鲜血，像致命的毒药，从此残废了自己全部的睡眠。安瑶在台上感觉有人在注视自己，她的心开始忐忑。唱完最后一句就快步走回后台。

猛然安瑶发现化妆台上横躺着一枝新鲜的向日葵，是这座小城里难以买到的，她却一直喜爱。是他！她手中吉他“咚”的落地，周围人疑惑不解地看过来。安瑶全身僵直，走到Flame老板的休息室前不假思索地敲门，脑袋嗡嗡直响。门一开她便问道：

“溏秋哥，告诉我他在哪里？！”

…………

一、没有人会像我一样

“小瑶，你喜欢什么样的男人？”16岁的夏雅雅把身体倾出露台上的白色栏杆，亚麻色的长发随风飞舞。

“我？！没想过。”安瑶转过身看着天空，一脸茫然。

“唔，这种年龄还没有喜欢过任何人，不会觉得悲哀吗？告诉你哦，我喜欢像Sliver那类的，绛紫色头发，是来我家酒吧作Live的键盘手，有一个乐队。”

安瑶觉得她意犹未尽。在她的眼里，让夏雅雅喜欢上一个男人，似乎比江南的烟雨还来去自如。

“Silver？真特别的名字呢……”

“小瑶，晚上陪我去Flame吧，他也在。”

“今晚？！”

“对啊，晚上你睡我家好咯，我妈之前还问到你。”

安瑶看着夏雅雅的侧脸，知道是春水泛滥的爱情让她如此美丽。她和雅雅从小便因着两家父母的商业往来而熟络，渐渐亲如姐妹。夏雅雅是10月出生，但一直羡慕比自己大8个月的安瑶。理由是，安瑶生在2月29日，4年才有一次生日。成长的过程可以貌似缓慢，像快要进站的火车。

雅雅还有一个同父异母的哥哥——夏溏秋。安瑶从心里惧怕他，总是一个人锁眉坐在沙发上看杂志，手臂上有纯黑的玫瑰文身，耳朵上有刺眼的耳洞，一直蔓延到耳骨。只比雅雅大一岁，却早已在自家酒吧做起专业调酒师。他总是能沉默寡言地混制出让安瑶惊叹的色彩。雅雅告诉安瑶，哥哥其实内心非常脆弱，亦不善表达，从小就公主般宠溺着雅雅，不许任何人让她掉一滴眼泪。

同样，在雅雅家中没有人不宠爱着她。于是夏雅雅习惯了一种模式，任何东西，只要她想得到就一定要即刻拥有，不得怠慢。相比之下安瑶就是自由放肆的藤蔓。父母多年在外，最常做的事是汇钱和快递礼物给她，并在电话里询问她的身体是否还好。安瑶总回答很好，你们放心，多保重。接着她吃一片安眠药，在起效前神经质地来回踱步，轻声唱歌。

安瑶常想上帝是公平的：在家境相同的情况下，雅雅得到太多爱，于是她有多余的情感分给花季的心跳回忆；而自己从小学毕业后，便再也不记得父母陪伴的生日和全家团聚的新年。他们把她看作自我脱蛹的蝶，迫使她独立飞舞在冷清的花园，对着湖面顾影自怜。心中默念，鱼儿鱼儿，谁是世界上最寂寞的孩子？安瑶享受不到举手可得的爱，因此她也学不会爱别人。

她一直甚为肯定，除了她自己，爱只留了一个位置给别人，那便是夏雅雅。她和所有人一样，宠溺着雅雅，像姐姐一般，从未觉得不妥。她喜欢在雅雅家留宿，两个女孩子共同吃着雅雅妈妈做的拿手菜，共同看一部电影，再一起洗澡睡觉，仿佛生命都可以用来分享。雅雅总会在床上同安瑶聊天，说着说着便双手抱住安瑶，孩子般地睡过去。

在学校的夏雅雅是老师头疼的对象，不爱读书，只知道和学校里大半数的男生混在一起。雅雅的功课笔记还有单元测验都能找到安瑶的笔迹。老师找过安瑶谈话，企图做她思想工作，重复着讲学业何等重要，不应因家庭环境影响学习的动力。然而安瑶面不改色地打断老师，我不想用自己的成绩使她投机取巧。我这样做，只是为了她快乐地生活下去，成全她的选择。她开心就好。

很快安瑶变得和夏雅雅一样出名。在乏味沉闷的校园里，她们的友谊和独特像一颗炸弹，毁了那句“没有规矩，不成方圆”的俗语。夏雅雅总在顶楼上小女孩般拥住安瑶，把脸贴在她的背上，浅浅地说，其实我和你一样寂寞，厌恶我的就极为厌恶我，爱我的就发疯般爱我。我却永远搞不清，自己的心，到底可以停留在哪里。

* * * *

夏雅雅家的酒吧，名为Flame，在市中心的繁华地段，不远处有一个大广场。冬天时很漂亮，树上有雪花模样的彩灯。安瑶喜欢晚上从酒吧出来后在这里稍坐一下。她始终不懂为何人们宁可在乌烟瘴气的狭小空间麻醉自己，也不愿来到清静单纯的户外面对现实。雅雅的哥哥曾说过，安瑶，你和别人都不同。他们还在拼命地逃避寂寞，而你早已学会正视它。

“你和别人都不同”，这句话安瑶听很多人说过，每次都有不同领悟。她在多年后仔细回味，才终于肯相信彼时的他，真的曾对她一见钟情。

雅雅拉着安瑶的手走上玻璃台阶。Flame里的服务生看到她们连忙走过来亲切地打招呼，眼角顺势把她们一扫而过。忽明忽暗的灯光下夏雅雅的珠片抹胸钻石般让人昏眩。她的假睫毛尾端嵌着水滴，是安瑶逛遍了各大商场、地下街才为她找到的款式。她喜欢大胆个性的妆容打扮。相比之下安瑶甘愿做棵安静的植物，不觉得被人注目有什么好，但为了配合雅雅，她挑了件紧身迷你裙，披散一头长发，化了不完美的烟熏妆，眼角扑了细碎的亮粉。和雅雅站在一起，分明是两只夜里的小妖精。

“哥，两杯Bloody Marry！”雅雅拉着她穿过人群坐到吧台边。她的哥哥穿着工作服，一见到他妹妹和身边的安瑶，不禁皱眉。

“雅雅，你怎么来了？！还把小瑶也领来？！”

“哎呀没事啦，今晚让她住我们家。想你来看看你还不好吗。”夏雅雅撒娇般地说。

安瑶在一边听到，心里清楚溏秋哥哥也清楚自己妹妹醉翁之意不在酒。于是对着他吐吐舌头，指了指高台然后调皮地笑。远处几个人在准备Live的设备，其中有个炫目

相比之下安瑶甘愿做棵安静的植物，不觉得被人注目有什么好，但为了配合雅雅，她挑了件紧身迷你裙，披散一头长发，化了不完美的烟熏妆，眼角扑了细碎的亮粉。和雅雅站在一起，分明是两只夜里的小妖精。

的绛紫色头发，表情一直很专注。

夏溏秋没了办法只能继续调酒，不一会儿两个玻璃杯滑过来，雅雅的是猩红液体，被推到安瑶面前的却是浮着柠檬的冰水。安瑶不解地看向夏溏秋，他亦看向她，温和浅笑，靠近她耳边悄声道："我不想把你和酒精联系在一起。"说完他拍拍安瑶的头，目光好像在疼惜一只无家可归的小猫。只是黑暗中安瑶看不到。

"小瑶，我们到前面去吧，我想等一下Silver会看到我的。"

安瑶点点头，尾随雅雅走到舞台跟前，周围很多年轻女孩，浓妆艳抹地放大着自己的美好。安瑶站在舞台一侧，有意让硕大的音箱杵在自己面前，释放出的节奏强烈地震动她身上每一寸肌肤。她迷恋这感觉，震耳欲聋。体内的迷乱因子不安分地震动，于是她闭上眼，任意扭动着身体，感受黑暗和音乐带来的强大抚慰。周围一切仿佛消失了。

蓦然音乐逐渐缓慢，灯光顿时熄灭，安瑶睁开眼，看到一束灯光射向舞台，上面站着一个乐队。周围开始沸腾。男主唱看起来不过20岁，银灰的靴子和马甲，细碎的头发炸开来，银白色发梢。bass和鼓手则都是女孩，目光透着寒气，不屑一顾的表情。安瑶试图想起里面的键盘手叫什么，但他的紫头发太炫目，安瑶突然就失了神。

音乐渐渐响起，年少的歌手扶住麦克风漾开声音唱，毫无掩饰的声音，没有任何沧桑，居然非常好听。后面的键盘手站在键盘前沉迷地弹，动作甚至充斥着过分的自信和散漫。突然他抬起头直视安瑶的方向，额前刘海儿滑落两侧，暴露出深刻的五官和琥珀色的双眼。他面无表情，使安瑶无法揣测他到底在看什么，很可能是在看那个效果强悍的音箱。

这样的对视持续了大概半分钟，直到他再次低下头换伴奏，安瑶才缓过神来。心中略微失落却又忐忑不安。心想他是好看的，似乎生来属于聚光灯下的舞台。之后一直到演出结束他再也没有抬起头过，但是安瑶却终于想起他的名字，Silver。她感到那名字烙印一般，灼热地刻在皮肤上。

* * * *

“Silver，这是安瑶。安瑶，这就是我和你说过的Silver。”

安瑶坐在夏雅雅和Silver的对面，礼貌地点点头，却也不知道该说些什么。只觉得一对琥珀色眸子专注地凝视着她，难免尴尬。

“我从开场就注意到你。”Silver邪邪地笑，顺手拿起酒杯。“安瑶，你让我想起一首歌——《没人会像我一样》。明明和这混乱的场所融合得很好，却拼命企图隔绝它。你站在音箱后面，但我还是能发现你。我喜欢你脸上寂寞的神色。”说着他突然站起来，俯下身用左手盖住安瑶的眼睛，紧接着在她的唇上蜻蜓点水般落下一吻，然后迅速离开。浓烈的酒气把安瑶团团裹住，她甚至辨别得出，他喝的是单纯的伏特加。

“Silver，我想你喝醉了。”安瑶冷淡着口气。她想到雅雅还坐在一旁。

“啧，安瑶，你一直这么善于掩饰自己的想法吗？”Silver自说自话，毫不介意。

“那你一直这么喜好探寻别人内心吗？”安瑶反问，有些生气。

“安瑶，太聪明的女孩就不可爱了哦，你是不是从没有爱过别人。”

“对不起。我的私事与你无关。如果你要找不明事理的可爱女孩，我倒是可以把我1岁的侄女介绍给你。”说完安瑶站起身看着愣在一边的夏雅雅缓和了口气。

“我先回家，有点事要做。雅雅你自己好好玩。”

安瑶头也不回地走出Flame，连和雅雅的哥哥说再见都忘记了。

走着走着，她发现自己并没有回家的打算，而是不由自主地走到那个广场上。安瑶在花坛边坐了下来，仰头看着无尽的夜空。仅有的几颗星星孤单地闪着，仿佛在感慨，为何人世间此刻依旧灯火通明不知疲倦。安瑶觉得天使一定很羡慕人类，白天劳碌繁忙，夜晚歌舞升平，总有人在身旁，起码不会寂寞。殊不知，一切都是假象。

一阵凉风吹过，安瑶不禁缩瑟了一下，但仍不打算回家。她讨厌一个人的屋子，刮起风，就好像有人在哭。

正发呆，安瑶突然感到肩头多了件余留温暖体温的外套，随即扭过头，看到炫目的绛紫色头发，站在她左边。又是邪气十足的笑，眼睛闪烁着反射出月亮的光。

“你果然在这里……”Silver说。

“你是怎么知道的？”

“我问调酒师有没有看到一个长鬈发女孩走出去，他直接说你是不是要找安瑶。看来他比夏雅雅要了解你。”说着Silver凑近安瑶，似乎想看出些许端倪。

“他是夏雅雅的哥哥。不是你想的那样。”安瑶侧过脸，故意不与他对视。

“嗯，那就好。”Silver直起身，顺势拉起坐在一旁的安瑶。他感到她的手是冰冷的，不由得咒骂：“该死！你冷成这样是等着感冒吗？！”

安瑶不甘示弱：“要你管！你拉我去哪里？”

Silver看看她一脸的惊慌失措，心中某处突然潮湿柔软。他转身替安瑶扣好披在肩上的外套，一手把她揽入怀里拥着往前走。发现安瑶眼中疑惑不解的夸张问号，他暗笑道：“傻孩子，我当然是要送你回家了。”

刹那间安瑶触及到一种久违的疼惜。

她的父母从她懂事起便唤她安瑶。安瑶，爸妈不在时你要听话；安瑶，你一定要用功学习；安瑶，你应该早些自立懂事。安瑶，安瑶，安瑶，这个名字仿若一个毫无生命力的符号，什么也不代表。

而就在刚才，一个她只认识几小时的陌生男子，轻易就说出了她默默企盼许久的话语。她甚至曾想不起他的名字，她对他一无所知。但是就在这一瞬间，她轻轻剥离自己坚硬的外壳，婉顺地接受了他有些蛮横的关爱。

二、爱情之所以为爱情

安瑶从班主任的办公室走出来，脑袋还围绕着那个磐石般的问题不停转。

要不要申请L大的保送资格？

关于未来，安瑶从来没有考虑太多。她只知道她是随波逐流的人，性格散漫得很，亦没有人会干涉她的选择，换句话说，没有人会在意。安瑶不喜欢这个残存着她青春期气息的城市，也并不热切地渴望那所名列前茅的优秀大学。她甚至不懂自己为什么读了理科，可能仅是因为理科成绩比较好。老师看出她的无所谓，于是轻叹口气，你回去再好好考虑一下吧。老师知道安瑶作决定从来不思前想后，她只会按自己喜欢的方向走。但她毕竟是班里最有潜力的学生。

安瑶想象不到，如果离开夏雅雅，自己是不是真的开始一无所有。其实像Silver所说，安瑶的体内潜伏着暴戾不安的因子，时刻都会爆发，却都被她及时按捺。她想走，想看无辜的灵魂能被自己放逐多远。

“安瑶，记得关窗哦。”班长看着还在座位上发呆的安瑶，轻轻带上门。他不明白明明是相同年龄，为何只有安瑶脸上有种跨越岁月的落寞感，很少说话很少笑，好像世界只有她一个人。教室里大家都已回家，安瑶却在等着天黑，这样就可以回家直接睡觉，不必听着自己脚步的回声心惊胆战。

……我把风情给了你日子给了他
我把笑容给了你宽容给了他
我把思念给了……

安瑶拿起铃声大作的手机，盯着那个陌生的号码犹豫要不要接。

“喂？”最终安瑶还是按了接听键，她想是不是妈妈又换了号码。

“怎么还不出来，别人早走了。”是听似熟悉的男声。

“对不起，请问你是？”安瑶仔细分辨，却听不出对方的身份。

“笨蛋，我是Silver，在你们校门口等了你好久。”

“什么事？”

“收好东西出来，快。”说完对方仓促地收了线。安瑶抿抿嘴，心里有种莫名的喜悦，这是生平第一次有人在校门口等她放学。于是她简单整理了书本，关好窗户并锁上教室的门。

斜倚在围栏上的Silver从安瑶一出校门便看见她，一丝不乱的清汤挂面头，粗框眼镜，红色校服裙子和白衬衣，左顾右盼地下楼梯。Silver有些糊涂，到底现实中的安瑶是怎样的女孩子。如果她是如此成绩优异的乖乖女，为何还与夏雅雅在一起。

“喂，笨蛋！”

安瑶寻声回头，看到熟悉的紫头发。走过去，在Silver面前拉扯着书包的肩带，不说话。她恍然觉得很尴尬。自己平日的学生打扮，Flame里面只有夏雅雅可能还依稀记得。

“呵呵，这样子还挺好，像个学生样子。”Silver俯身捏住安瑶的脸，轻轻地晃。

安瑶愤愤地拍掉Silver的手问道：“你来是找雅雅吗？她已经很久没来上课了。”

“我知道，我不是找她，我是找你。”

“哦，那你有事吗？”

“先别问这个，笨蛋，这么晚了，你吃饭了吗？”

“啊？”安瑶一时愣在那里。的确，独自生活的她已经很久没有被问到是否已经吃饭。她平时的晚餐通常是回家路上随便买到的任何食物，一袋饼干一块蛋糕一盒炒面，随意打发。安瑶讨厌一个人点菜，于是她从不去餐厅吃饭。她觉得独自坐在餐厅里吃东西是在公开孤独，而在喧嚷的环境里，孤独是可耻的。“你是不是傻了？！

斜倚在围栏上的Silver从安瑶一出校门便看见她，一丝不乱的清汤挂面头，粗框眼镜，红色校服裙子和白衬衣，左顾右盼地下楼梯。

走，我带你去吃东西，等你等得饿死了。”

Silver 拉着安瑶左拐右绕，在安瑶快要头昏的时候终于来到一家韩国料理店。店面很小，看得出是自家经营。Silver 帮安瑶拉开门,老板娘看到就热情地迎上来，笑眯眯地看着他们。似乎 Silver 和她早已熟络的样子。

“笨蛋，你能吃辣的吗？这家店的老板娘自己就是韩国人，所以她家的菜很正宗。”

安瑶点点头：“你来点吧，我和你吃一样的就好。”

Silver叫来老板娘，她用并不标准的中文打趣道：“终于带你女朋友来啦，好漂亮啊！”

“哎？！”安瑶来不及解释，看着坐在对面的Silver，他竟然也在事不关己地笑。

很快两碗石锅拌饭端了上来，Silver拿起汤匙蘸了些辣酱，仔细地拌起安瑶面前的那碗饭。边拌边说，少吃些辣的，不然，对胃不好。待到白胖的米粒被均匀地裹在辣酱和菜料里，Silver把碗推给安瑶。“快吃！”然后又低头继续弄自己的那碗。

安瑶低头看着面前被 Silver 仔细拌过热气腾腾的米饭和各色蔬菜，眼睛一下子模糊起来。拿着汤匙的右手麻木地停在碗边。Silver发现安瑶不动，不禁又皱了眉头：“怎么了，嫌太辣吗？”说着从自己的那边盛出一匙白饭放在安瑶碗里，“好啦，这次你再试试。”

于是安瑶默不作声地开始吃面前的拌饭，吃着吃着就觉得汤匙里有冰凉的水分，微微带着点咸。不觉摸一下脸，才发现自己流泪了。她赶紧偷偷擦干眼泪，并未告诉Silver，她已经快忘记自己有多久没有和别人一同吃过晚饭。那是安瑶记忆里最好吃的一次石锅拌饭，从那之后她就爱上这种便捷朴实的吃法，吃过很多家，却再也比不上彼时那次。

* * * *

走在回家的路上，Silver没有再牵住安瑶。他一路上一直帮她拎着并不重的书包，只有在过马路的时候，会准确地抓过安瑶的手，直到带她安全穿过有车辆疾驰的马路。不知为何，Silver松开手的那一秒，安瑶心里空落得很。她突然不舍，产生莫名其妙的依赖感。

半路上经过一条步行街，有很多卖仿制工艺品和纪念品的小摊位。安瑶在前面心不在焉地走着，猛然被Silver叫住。回过头，看见Silver手里拿着好大一只棉花糖冲她笑，像变魔术般，Silver成功地变出了安瑶无忧无虑的笑。

棉花糖塞到安瑶手里，看着她眼里的奕奕神采，Silver居然心疼起眼前的女孩。她似乎拥有很多，却又好像什么都没得到过。一只两元钱的棉花糖，就可以让她彻底兴奋起来，似乎七八岁的女童，用玩具哄哄就能开心。

“还好，你这点和别的女孩一样，不然我真有些不知所措。”Silver不好意思地用手抓了抓那头层次分明的紫头发。

“别的女孩都喜欢棉花糖？”

“哈，当然不是。不过至少我的小表妹喜欢。”

“哦，这样啊……”安瑶若有所思。

“但她今年5岁！哈哈，你这个傻孩子……”说完Silver用手拍拍安瑶的头，然后故意躲很远。看站在原地的安瑶反应慢半拍，明白一切后生气地嘟起嘴。Silver只好慢慢踱回去，拍拍安瑶的肩头叫她一起走。

之后他们又碰到一个在卖各色卡通气球的老人，花花绿绿的气球吸引着路过的小朋友。安瑶开心地走上前，Silver刚要掏钱就被她制止住。她给过钱，然后在一堆五颜六色的气球里挑了一只黑猫警长的气球，不顾Silver一脸不解的表情递到他手中。

“喏，这个送你，算是谢谢你请我吃棉花糖。”

噗——Silver差点笑岔了气。

“怎么，这算是你和我的定情信物吗？”

“喂，这个黑猫警长可是我的英文启蒙老师哎！”安瑶一脸认真。

“好好好，谢谢你的好意。”Silver想不通，难道那个时候黑猫警长会有英文版？！但他还是接过气球，不顾路人好奇的目光。他知道自己现在一定很好笑，一米八六的大男孩，已经20岁，身形和五官都是成熟稳重的，手里却拎着一只好笑的卡通气球！……

“真的啦！小时候我不喜欢学英文，因为讨厌背单词。爸爸妈妈想尽办法我都不听，后来我爸爸发现我和所有小朋友一样爱看动画片。那个时候正好在播黑猫警长。我就记得特清楚，那时他告诉我一个单词：horse，马。

他说你就联想黑猫警长把坏老鼠都消灭了，于是就是‘耗死’，和horse的发音很像……”

“哈哈，你爸爸还真有办法。”

“嗯，虽说有点老土，不过从那以后我每次看到那个词就想到爸爸说的话，渐渐发觉英文其实非常有趣。”

“对，我不爱学英语，也就是因为不爱背单词。”

“妈妈常和我说，英文单词好像一个陌生人，见面次数多了或相处一段时间后，自然而然就成为熟人咯。”

“呵呵，那你爸爸妈妈现在还会常常教你背单词的窍门吗？”

“唔，不会了……事实上，他们很长时间没有回过家，总是忙碌得要命。我渐渐习惯自己一个人生活。他们时常打电话，知道我会好好照顾自己，我也总希望他们能放心……”说到这儿安瑶声音越发细弱，微微抿着嘴，不再说话。好像又无可奈何，脸上依旧露着固执的坚强。

“小瑶——”

叮嗒——属于Nokia的专有铃声突然打断Silver的话，吓了安瑶一跳。

Silver掏出手机，犹豫了一下，还是接了起来。

“喂？”

“Silver，你怎么都不想我，也不打电话？！”

“呵呵，最近有些忙。怎么了？”Silver略微压低声音。安瑶心里倏地一疼。虽然此时身处车来人往的闹市区，她还是分明听到一个再熟悉不过的女声，甜甜的公主气，伴着霸道的口吻。

“Silver，今晚来Flame吧。陪我，我想你。正好1点后空着场，你可以弹弹琴唱唱歌。”

“嗯，我知道了，等一下去找你。”

…………

待到Silver挂了电话，安瑶早已换上开心灿烂的表情，似乎她原本就是开心果，永远欢声笑语，不懂烦忧。

“那你……又要去Flame演出咯？”安瑶笑着问。

Silver兀自点点头，原本想要隐瞒，可察觉她早就知道电话那头的人是谁。安瑶的不同也体现在此，她懂她，也猜得到，但是她偏不挑明。她需要等对方看透。Silver感到安瑶宛若一株安静的植物，只有在目标足够接近时，她才猛然显露出自己原本的妖娆和致命。

“我送你到家门口吧。”

“没关系，就在前面，你走吧。”

安瑶看着面前比自己高出很多的Silver，心想她真是自己见过最体贴英俊的男子，除了他那头紫发。

“好吧，那你到家后先开灯，我看到再走。”

安瑶点头转身就走，她几乎是一路小跑着回家。她生怕再一个踌躇，自己会恳求Silver不要走，留下来，陪她随便聊些什么，不要让她一个人品尝旷日持久的寂寞。

到家后安瑶放眼望去，月光下空荡荡的客厅，所有家具都像未曾被人使用过，一尘不染，屋里寂静得可怕，唯一拥有生命的是几盆不会开花的植物。安瑶心里的快乐轰然倒塌，漠然踢掉鞋子，拿起放在茶几上的药瓶，突然想起Silver可能还在等着自己开灯。于是她又走回门边，犹豫了一下，打开主灯。

一时间安瑶更加确信，在刺眼的灯光下，房间里只有她一个人。

她连想象另一个谁也在的机会都没有。

…………

许久后安瑶躺在藏紫色的床单上，睁眼盯着天花板，一动不动。她在心里轻轻地问自己，安瑶，如果你和雅雅都爱他，这算不算一种罪过？

三、散场电影

安瑶，周六我们去看电影。我去学校等你。

安瑶坐在书桌前与一本数学题册较劲，她瞟了一眼手机上的短信，又继续算题，试图找到某种捷径把这道题攻破。安瑶从来都是喜欢理科，她觉得那些定律代表某种永恒，并且富有逻辑性。

笨蛋！怎么不回我？！

手机再次抱怨似的振动，安瑶停住笔，拿起手机按下关机。

终于可以安静了。

…………

唔，总算做完咯。安瑶伸个懒腰，看看时钟已经是凌晨，这个时候Silver会在做什么呢？啊，Silver，手机！安瑶突然想起被自己隔离的手机，她赶紧把它拿过来，重新开机。

喂，笨蛋，怎么了？

小瑶……

小瑶，生气了？不是出什么事了吧？

……

1，2，3，4，5……16，17。

一共17条，天哪！安瑶在想是否现今所有的信息费全免，自己不过是暂时求得清静，为何他着急成这个样子。还是回个电话给他，希望他没有在演出。

“Silver？”

安瑶听到背后异常吵闹的音乐声，知道他又在Flame。

“小瑶你真让我担心！以后不许不接我电话不回我短信，更不能关机！”

Silver声音里透着强硬的独占欲，好像已经把电话里的她占为己有。吵闹的声音突然消失，安瑶终于可以听得清楚。

“对不起，我刚才在看书。”

“好了，你没事就好，看到我短信了吗，周六。记得别忘了！”

“嗯，可是我只是没回你短信，你干吗这么着急？！”

“你这个笨蛋，谁有事你都不许有，你和别人不一样。我的手机24小时开机，你可以随时打给我……好了我要进去了，今晚人很多，周末见吧。”安瑶听到有人喊Silver的名字，随即他挂断电话。

安瑶坐在床上看着手机，回想Silver说的话。

我的手机24小时开机，你可以随时打给我。谁有事你都不许有，你和别人不一样。

是怎样的不一样呢？是否你的时刻开机只是为我？这代表我在你心里的位置非常重要吗？你又干吗对我这样好……

安瑶扔掉手机翻了个身。

Silver，我该对你期待些什么，我又能相信你也在同样爱我吗？！

安瑶站在讲台前踮着脚尖擦黑板，雅雅飘到她的后面猛地拍了她一下。

“雅雅你吓死我了！”

“呵呵，在想什么？放学后有事吗？我们去逛街吧，想买衣服了呢……”

“嗯……今天不行哦。”

“怎么？”

“我，我要去书店买些书。”

“唉，那好吧，真无聊啊小瑶，你这个样子怎么会有人喜欢你呢？！帮我请个假，下面的课我不想上了，昨晚玩太晚现在需要回家补觉。呵呵，拜拜咯。”

唉，安瑶颇为无奈地摇摇头，雅雅一直小孩子般地做着自己喜欢的事，从未考虑后果。当然没人有权干涉，雅雅的父母一致认为，女孩子嘛，只懂读书是很可悲的一件事。他们需要雅雅做美丽的小公主，而不是什么神童。

想不到自己竟然对雅雅说谎，安瑶暗自咒骂自己。

看来，雅雅是根本不知道Silver约了自己。

到底谁在隐瞒谁，又真的能持续多久？

* * * *

电影院中，冗长枯燥的情节让所有观众大失所望。Silver肩头突然一重，有颗小脑袋不觉倒向他。他转头微笑地看早已睡着的安瑶，像只毫无防备的小猫，长长的睫毛轻微抖动。他小心翼翼地伸手把她揽到怀中，让她尽量枕得舒服些。Silver感受到从她柔软身体传来的温暖气息，猛然心跳加速，热烈的火苗蹭地烧遍全身。

借着电影闪烁的灯，Silver看到安瑶背上的翅膀。那一刻他无限肯定，这个女孩是会影响他一生的人。他在命运的掌握下，无法控制地那么爱她。

安瑶，你愿不愿意陪我一起经历各种风雨坎坷。

安瑶，做我的小公主好不好。

他多么想问出这些，可是现在，他又有什么能力呢？他能够给她永久的幸福吗？

“唔，电影好无聊。困死咯……啊……”

安瑶一边走一边打哈欠，她还不知道自己在Silver怀里

他小心翼翼地伸手把她揽到怀中，让她尽量枕得舒服些。Silver感受到从她柔软身体传来的温暖气息，猛然心跳加速。热烈的火苗蹭地烧遍全身。

睡了好久。散场前Silver便叫醒她，并松开环住她的手，依依不舍。

两人走在路上，安瑶心不在焉地哼着歌。

“喂，小笨蛋。你有喜欢的人吗？”Silver故作无意地问。

“哎？！”安瑶没想到他会这么问，担心他是否看出了什么端倪。

“笨蛋，干吗大惊小怪，问问而已。难道你没交过男朋友吗？”

“没有。也没想过。”安瑶干脆地回答。

“骗人的吧，是女孩都会想自己白马王子的模样，或是期待一场恋情。就像雅雅那样。”

“别把我们当成一个人！”安瑶的声音有些颤抖，心很酸。她不想在Silver心里与任何别的女子重叠。

“生气了？哎，真是小孩脾气。”

“我知道你喜欢雅雅那类的女孩，乖巧可爱。我早说过我不是！你可以与任何人谈恋爱，但不要试图把我和她们归类到一起。”

安瑶激动地说出这些话。她不知道自己怎么了，在Silver面前情绪起伏得极为轻易，敏感得像只刺猬，一个字一句话都有可能让自己失去控制。

“好啦！小瑶，别说傻话……”Silver被说得心里难受。他不想看到安瑶不开心，于是伸手想拉过她。谁知此时电话铃声不合时宜地响起。

“喏，你的女朋友打来电话了，快接吧！”

安瑶不敢相信，更不愿承认，自己竟在同雅雅吃醋。15岁时她和雅雅曾看中久光百货里的同一件洋装，是唯一的一件限量版。

安瑶毫不犹豫地把衣服递到雅雅手中，笑着说你穿才好看，安瑶觉得只要雅雅中意，安瑶可以把一切都拿来与她共用。

她是她最爱的人啊，但他又何尝不是呢？！

Silver看了眼赌气走开的安瑶，确保她在视线范围内后接起电话。

“喂，你今晚来，我找到个音色很好的驻唱给你。”雅雅蜜糖似的声音在空气中蔓延开来。

“雅雅，那个……对不起，今晚我有事不能去。”

“什么？！你之前都有空啊，我想你了，你把事情推掉再来，我等你。”

“这次不行。雅雅，我最近有些忙，过几天再去Flame。”

Silver果断合上手机，抬头找寻安瑶的身影，发现她自己蹲在一家宠物商店的落地窗前，盯着里面出神。Silver不懂为何，安瑶的脸上总会缀着那么多孤单和悲伤。她只有16岁，竟然早已背负成人世界的寂寞感走过一路。Silver想，不管代价多大，我都希望能让她快乐起来。

Silver悄悄走上前，寻着安瑶的目光看到一只瘦小的猫，全身灰色，神情高傲。它在安瑶的注视下不安地来回踱步。当它坐下来盯着安瑶时，Silver猛然发现小猫异色的双眼，一蓝一褐，闪烁着警觉的光，竟有些恐惧与阴

Silver猛然发现小猫异色的双眼，一蓝一褐，闪烁着警觉的光，竟有些恐惧与阴森。

森。

安瑶知道Silver又要去Flame，她轻轻地叹气，指着小灰猫自言自语。

“看，它和我一样哦。那么大的橱窗，只有它一个。”说完她侧头看着Silver。

Silver的心一下子就炸裂开来，他看到夜色里安瑶眼中就快滴落的泪水。她的无助她的绝望，让他心如刀割。

“小瑶，你在这等我一下。”

安瑶站在原地，看到Silver快步走进店里，和店员指了指那猫，店员从橱窗的围栏里把它抱出来递到Silver怀里。他满意地笑笑。

几分钟后Silver拎着一个袋子和一只精致的笼子出来了。

他在安瑶面前打开它，温柔地抱出那只灰色的小猫，放在安瑶手心里。

“好了，这次你们谁都不是一个人了。”

安瑶不知所措地愣在那里，直到摸着小猫轻柔温软的皮毛才相信这些都是真的。他买了那只她喜欢好久的猫咪给她，加上一袋宠物用品——从猫粮、玩具到沐浴液。Silver很细心，想到了一切。

“呵呵，我会经常去看它，再怎样我也算它的爸爸呢。不过我相信你会细心照料的，因为刚才店里的人告诉我，你几乎每天经过时都会在那儿看它好久才离开。哈，真是个孩子。”

“哎？！” 安瑶盯着灰猫的双眼抬起来望向Silver。

“别哎啦，我的小傻瓜。给它起个名字，我想它应该也着急回家。走吧我送你，今晚不演出。”

“Silver，谢谢你……不过，是你买下的它，应该你来起名字。”

“那就叫小小瑶，和你一样。”说着Silver俯下身拍拍猫咪的头，“小小瑶，你喜欢这个名字吗？”

喵呜——小灰猫轻声应着，伸出薄薄的舌头舔了舔Silver的手指，好像很满意和主人拥有共同的名字。

“小瑶，如果以后你和别人在一起，他必须比我还要懂你。当然我不会允许你和别人在一起，我永远是最懂你的那个人。”Silver深邃的目光紧紧锁住安瑶，猛地抓过她吻了上去。

* * * *

安瑶坐在沙发上看报纸，小小瑶也跳上来，趴在她的腿上眯缝着眼睛打瞌睡。

手机响起，是雅雅。

“雅雅？”

“……”那头不说话，只是传来断续的抽泣声。

“雅雅怎么了？快说话啊！”

“安，安瑶……呜……”

“出了什么事？别哭了，快告诉我。”

“安瑶，Silver他……他要和我分手，他说他不能再欺骗自己……小瑶，我该怎么办……”雅雅泣不成声地说着，仿佛丢失了生命中唯一的珍惜，那声音颤抖得让人心碎。

“怎么会这样？！你有问过他到底是为何吗？”安瑶意识到事态发展已经失去控制，她突然很后悔自己当时没有推开Silver。

“他什么都没说，小瑶小瑶……我已经把什么都给了他……”又是一阵哭泣声。

“什么？！”

安瑶看到窗外的天空轰然倒塌。16岁的夏雅雅，竟然早已把自己……天哪，为什么自己这么迟才知道！如果早些的话，自己一定不会在旋踵间便默许了Silver的关怀备至。安瑶，看看你做了什么！

“雅雅，别太难过，我想他只是一时冲动，过些天会好的。”

挂断电话后，安瑶无法平静下来。

如果让她选择，她会把自己所有的幸福都拱手送给雅雅。不该犹豫的。想到这里她站起身，帮小小瑶放满食物和牛奶，穿上外套走出家门。

泉水街二号3-1，嗯，应该是这里。

安瑶轻轻地敲门，希望自己没有找错。

咔嗒，门打开。是一个高个子的男孩子，衣衫不整，刚睡醒的样子。他看到安瑶有些意外，但还是反应过来。

“Silver，有女孩找你！”说着他恣意地打量她薄薄的连衣裙，颇有些轻浮。

Silver闻声走过来，看着安瑶愣了一下。随即便把她拉进自己房间，转身关了门。

“你这是做什么？！”安瑶甩开他。

“笨蛋，你穿得这么少，别以为和我同住的是什么正经人。”Silver指了指唯一的一把椅子让安瑶坐，自己则坐到床上。

安瑶环顾四周，Silver的房间还算干净，一把吉他一个键盘，地上摊着许多乐谱和唱片，没有任何女生的照片。

“没想到你会来，呵呵，估计小武又要说了。你是几个月来唯一找我的女生。”Silver笑道。安瑶猜到就是刚才开门的那个男孩。

“雅雅打了电话给我。”

“怎么？”

“你为什么这样子对她？！”安瑶语气异常严肃。

“哦，原来你是说这个。我说的是实话，这样对大家都好。”Silver耸耸肩。

“你知道她哭得有多伤心吗？你知道她是那种从未受过半点委屈的女孩吗？你怎么可以这样伤害她，随便得到又肆意丢弃，你以为她是玩具吗？！”安瑶气得全身发抖。她想不通为何Silver会如此无所谓。

“既然你不喜欢她，当初为何又要了她！我不敢相信，你到底是不是我之前认识的那个人。难道一个人的爱，对你来说这么廉价？”说到这，安瑶竟然掉下眼泪来，她好害怕，怕某天Silver也会如此残忍地把自己隔离出他的世界。她也难过，自己竟然爱上了一个伤害过雅雅的男子。

“小瑶，小瑶你别哭……”Silver顿时慌了手脚。他四处寻找纸巾，最后只能拿了件干净的衬衫帮安瑶擦眼泪。

“是我不好，都是我的错。小瑶你别哭。”Silver心疼起来，轻轻拉过安瑶到自己怀里，温柔地拍着她的背脊。

“你走开！”安瑶推开他，用手背擦了擦眼泪。

“你去找雅雅，把话收回去！”

“小瑶，你是真的不知道我为何与她分手吗？”Silver颇为无奈地反问，“还是你只是口是心非地演戏？说得好像自己完全不在乎，你难道真的想在一边看着我们幸福？！”

安瑶愣住了，一瞬间没了话语。

对啊，她能做到平静如水地看着他们以后在一起如火如荼地谈情说爱吗，她能假装无所谓吗，还是要一直戴上强颜欢笑的假面呢？！Silver没有错，他只是走了自己永远不敢踏出的一步。可若要雅雅成为这场爱情战争的牺牲品，她绝对不会同意。

爱却不能在一起，即使酸楚地心疼一辈子，安瑶也会独自承受。因为那不是别人，是夏雅雅！

“小瑶，我知道雅雅把什么都告诉了你。但我需要你听完整个故事，之后你如果决定坚持让我回到她身边，我无话可说。

“认识雅雅的时候，我刚和交往多年的女友分手，非常难过，没有想过自己的初恋竟然会背叛我。我们很小就在一起，一路风雨走来，什么坎坷都经历过。她甚至为我堕过胎，之后我发誓要好好对她，当然心里一直很内疚……

“我很天真地以为爱情就这么简单，幸福就是如此容易，直到那天……那天我看到她从一辆轿车上走下来，告别前甚至和车上的人亲吻！你能想象到当时我像疯了一样冲过去质问她，所有理智灰飞烟灭。喃，你知道她说了什么吗？她不屑地回了我一句，有本事你也弄台名车来让我坐啊！……语气轻描淡写，我伤的却不只是自尊。”

说到这儿，Silver停了一下，皱眉看安瑶。

“从那之后我很肯定自己的心已经腐烂掉，完全是一潭死水，直到遇见你，你知道吗？！的确，我这样对雅雅很残忍，当初是她不停地安慰我，让我从失恋的阴影中走了出来，但我根本无法对她产生爱，找不到任何感觉。我生日的那晚，她来找到我，带了蛋糕和Whisky，说要给我庆生。我一开酒瓶她便猛灌下大半瓶，后来的事你应该不想知道，但我绝非你想象中那么禽兽不如，我不是她的第一次，也完全没有强迫过她。那个时候，我已经把她当作自己的女朋友，虽然没有爱过。这是我唯一做错的地方。我知道你喜欢坦诚的男人。”

安瑶死死地咬住下唇，她担心自己一发出声音就赤裸了自己内心的想法。她挣扎着，不让自己做出任何判断。

Silver期待地看着安瑶，他发誓自己没说半点谎话，他知道爱情得来不易，所以愈发不想放弃。

他希望安瑶可以接受他，抛开一切。

“Silver……”

安瑶紧紧地攥着双手，指甲陷到手心里。她知道一旦说出这句话，便意味着永远地失去他，可是，又能如何呢？

“我从小独占欲极强，我只能接受一张空白的纸，而你却有太多故事。Silver，请你回到雅雅身边吧……”

四、最后的眼泪

安瑶百无聊赖地趴在吧台上，透过高脚杯内的液体看调酒师的脸。夏溏秋坐在她身边，欲言又止。他漂亮的女朋友故作不经意地来回走，眼神颇为提防，安瑶觉得很好笑。

“她走得我头晕。”安瑶说，连头都未抬一下。

“苏月，你先回去吧，我和小瑶说点事。”夏溏秋的声音一直威严得很，女孩想使性子，却不好发作。只好瞪了安瑶一眼转身离开。

“呵呵，好像怕我把你怎样。”安瑶笑道。

“别说她了，我以为你今年不会回来。”

“可是我回来得正好不是吗？”

“小瑶，雅雅走了很久了，我是她的哥哥，这些年我也很难过。但你知道从一开始就不是你的错，没必要责怪自己。当然还有……”

“我不想听。溏秋哥，我总是会看到雅雅，总会听到她和我说话……她走不出我的记忆。”

安瑶仰头喝干自己的酒杯，两侧的长发滑开脸庞，露出她脖颈间的文身，是片粉红色的桃花，雅雅也有，只是她的是娇艳的玫瑰。彼时是雅雅怕疼不愿一人文身，于是她陪她做了纪念，在出事的一年前。

夏溏秋看着身边的女孩，转眼间她便20岁，他把此刻的安瑶和最初自己认识的她重叠在一起。多年来他把她全部的成长看在眼里，青春、独立、完美的掩饰和不动声色。她更加美好，罂粟般妖媚着，吸引所有人的目光。夏溏秋自恃看过无数燕莺蝶雀，但无人能同安瑶相比。她生来一副桃花相，却不自知，骨子里透着狐狸的灵魂。酒吧的客人总在暗处打听她，她却总是漫不经心。这些年在英国汲取些本地女孩学不来的西方气质——她在彻底地蜕变。

可有什么用呢，夏溏秋想，面前的她，早把自己溺死在过去，身离心停滞，行尸走肉一般。

“你还没告诉我他在哪？！”安瑶的话像颗石子猛然击垮一湖水的波澜不惊。

“谁？！”

“Silver。我知道他来过。你们有事瞒着我。”安瑶转头看向夏溏秋，逼得他无处可躲。

“这个……小瑶，我不认为你想知道，也不是重要的事。”

“那是什么？”

夏溏秋还在犹豫，他在估计这个消息对她的影响将会有多大。

沉默良久，他终于开口。

“他要结婚了。”

啪——安瑶用力地把酒杯砸到台子上，发出巨大的声响。

“Silver前几天来找过我，说他很快要举行婚礼，好像是他母亲的愿望。一个月之后。安瑶，你……”夏溏秋看着脸色苍白的安瑶打住话题，确定她听得一清二楚。

“哦，原来如此。呵呵。”

安瑶没有再说话，她感觉到先前喝下去的鸡尾酒刹那结冰，从心脏沿着血管，一路刺穿。她还能再说些什么，当初是自己祈求两人的形同陌路。如今她该微笑祝福，不是吗？！她坐在那里一动不动，害怕任何一下的挪移都会让自己千疮百孔的身体流出血来。

“小瑶，你还好吗？”夏溏秋关切地问。

“哦，我能有什么事。我先走了，溏秋哥，今晚不来了，我想自己静一下。”

说完安瑶摇摇晃晃站起身，险些被椅子绊倒，她没有让夏溏秋扶住自己。一个人推门走出酒吧。现在只有下午4点，太阳强烈地刺激着她习惯黑暗的双眼。安瑶慌乱地掏出紫色墨镜，快速低头戴好，遮住终于决堤的酸涩泪水。她终于再次为了Silver哭泣。只是这次，恐怕是最后一次。

她看看时间，是该给周乐打个电话了。

安瑶慌乱地掏出紫色墨镜，快速低头戴好，遮住终于决堤的酸涩泪水。她终于再次为了Silver哭泣。只是这次，恐怕是最后一次。

* * * *

“喂，周乐？”

“小瑶？你终于打电话来，一切还顺利吗？”

“嗯……还好……”安瑶的声音有些哽咽。

“我可能要参加一场婚礼。”安瑶继续说，她多么希望周乐可以飞回来陪自己面对这尴尬万分的局面，但她知道这是天方夜谭。这个世界上，只有一个人懂得自己的渴望。

“呵呵，这么幸运啊，那你要记得多拍些照片。我好久都没有参加过国内的婚礼。”周乐果然生性愚钝，不善猜度女孩子的心理，他自顾自地兴高采烈，根本听不出安瑶的手足无措。

安瑶敷衍地挂了电话。她又体会到刚出国时那种全世界只剩自己的无助，一种绝望彻底的无助。一个人，永远都是自己一个人。

突然很想念雅雅，于是她拦下一辆 taxi。

“南山墓园。谢谢。”

年轻的司机透过后视镜偷觑这个特别的女孩，极少有人独自在这种时间去墓园，而且还是个年龄这么小的女孩子。

一路上是安瑶不再熟悉的景色，从威严耸立的政府大楼，到熙攘的商业区，渐渐倒退成一片片荒丘野岭。安瑶闭上眼躲在墨镜后，连呼吸都很浅。

不知过了多久，车子停下来。

“小姐，这就是了。”

安瑶睁开眼，果然，还是记忆中那般模样。她递给司机几张崭新的钞票，是自己临时在机场换得的。

“请等我一下，很快就好。”

说完安瑶快步走进墓园。放眼望去，是一片灰白色的墓碑，最多的还是长方形，有圆滑的边，威严耸立着，好像一个个人站在那里，用灵魂诉说自己的故事。据说南山墓园的风水是本市最棒的，雅雅的墓地亦是她父母花了大价钱买下来的。

安瑶不费吹灰之力就找到了夏雅雅。她的墓是雪白的大理石，上面刻着她最爱的玫瑰花爬满整个边缘，四季常开。

夏雅雅的黑白照甜美无比地笑着，一边注视着每个走过的人。安瑶敢说她是整个墓园中最漂亮的女生。那曾经活力四溢的青春年华，已经随着岁月沉到冰冷的水底。

“雅雅，你过得还好吗？”安瑶伸出手轻轻抚过冰凉的墓碑，最后停留在雅雅的遗照上。

“Silver有没有告诉你，他要结婚了。在失去你后我再也无法面对他，我想他终是放弃了我。果然幸福是无法当作礼物赠送的。之前我企图把它给你，没想到它却轻易逃开，现在又在我手中无声地蒸腾掉。

“雅雅，我很想念你。很想很想。你也是如此吗？你总是来看我，我感觉得到。你还会想他吗，是不是会经常拉着小宝贝的手，和他说自己爸爸的样子呢……”

安瑶呼吸困难，脖颈间似有一双手狠狠地掐住自己。她按住胸口，企图抑制住不适感。

她从包里拿出一叠信封和打火机，点着，看逐渐在火苗中卷曲的黑色纸片，一松手就全部坠落地上，随风四散。这是她连续写给雅雅的信，终于可以给她看了。

安瑶轻俯下身，在雅雅脸上落下一吻。

“同我一起祝福他吧。”

安瑶留下最后一句话，拉紧领口，觉得全身寒气逼人。她想：不知雅雅是否会感觉得到，她那里应该也有春夏秋冬吧……一边想着，她一边转身走出墓园。没有和雅雅说再见。

* * * *

翌日安瑶在回家的路上看到柱子上贴着一张寻猫启事，大致是说主人有多么焦急，如果可以找到他的白色纯种波斯猫，他一定重金答谢。安瑶心想，他到底是焦急丢了猫本身，还是丢了名贵的纯种。她回想起几年前Silver买给她的小小瑶，临出国之前她抱着它走过几条街送回宠物店。路上不停地哭，却腾不出一只手擦干眼泪。她多么希望Silver会突然出现拦住自己，帮她继续照顾小小瑶。但这根本不可能，雅雅讨厌动物，特别是猫。

全灰的小猫已经被她养得皮毛柔软发亮，比来时胖了许多，却仍然步伐轻盈。店主非常和蔼，不停地夸赞安瑶是多么合格的主人，同时惋惜她不能再保留小小瑶。安瑶还记得她在同小小瑶告别后不敢再回头多看它一眼，她想它知道自己的主人离开了它，亦必定只是安静地注视着她离开，没有任何声音。

小小瑶，这么多年，不知又在谁的怀里撒娇。

想到这儿，她在路口拐了个弯，想去那家宠物店看看，说不定小小瑶还在。虽然这可能性很小。安瑶暗笑自己还是那么幼稚。

丁零——门上的铃铛响起来，安瑶轻轻地走进店中。她环顾四周，店里和记忆中一样干净，笼子里的狗狗大都在安静地午睡。突然她瞥到一抹熟悉的灰色，就在墙角围成的栅栏里，明显享受着和别的小家伙不同的待遇。是小小瑶！真的是它！安瑶眼睛一亮，快步走过去，轻轻地把它抱起来。

"小小瑶，还记得我吗？"安瑶笑着把脸贴向它柔软的毛。

小灰猫喵呜喵呜地叫，一边舔舔她的脸，好像在欢迎刚做完长途旅行的主人归来。

"对不起小姐，那只猫是不卖的。"一个声音蓦然在她的背后响起。安瑶心里咚的一响，浑身的皮肤撕裂开来，她险些把小小瑶摔在地上。

不，不可能，不可能是他！一定是自己听错了。Silver不会在这里工作。

安瑶克制着自己的情绪，边低声说对不起边转身放回小小瑶。之后她快速站起身，一阵昏眩突袭而来，她又该死地忘记自己贫血。

“小姐，你还好吧？！”对方走过来扶住她。

安瑶点点头，顺手拨开散落满脸的长发。突然她感到对方的手一用力，吓得她赶紧抬头。

我的天！！！安瑶不禁倒吸一口气。

…………

她的双眼再没有离开过对方的脸。

她再也感觉不到自己的心跳。

她以为自己是在做梦。

那个她日思夜想的人影，此刻就活生生地站在自己面前。

是Silver。或者更确切的说，是快要结婚的Silver。

沉默像从玻璃杯中溢出的冷水，缓缓在两人之间流淌。他们只是看着对方，不是无话可说，而是万语千言无从说起。

良久，安瑶轻轻后退一步，抿抿干涩的嘴唇。

“听说你要结婚，恭喜。”

“小瑶……你……”

“你是想告诉我这个，才打电话给我的吧，我知道，你的婚礼我不会参加，对不起。”

“小瑶，我不是想说这个，你为什么……”

“为什么回来对吗？”安瑶打断他，“我回来帮我男友买些中文资料。”安瑶在说谎。她看到Silver脸上扭曲的刺痛，后悔自己不该如此伤害他。

Silver看上去更加消瘦，却因此显露出成熟的沧桑感，非常迷人。短而凌乱的头发，不修边幅的工作服，还有安瑶最喜欢的圣罗兰鸦片香水。一切仿佛回到过去。

“你怎么在这里工作？”安瑶岔开话题，低头看着地面。

“我曾说自己是它的爸爸。”Silver蹲下来轻抚小小瑶，“我想一直照顾它。于是你走后第二天我就到这里应聘。白天就在这里上班，晚上去Flame唱歌。什么活都做，渐渐和这里的动物们越来越熟悉。”

“我不想小小瑶被任何人买走。它永远只属于一个人。”说完Silver紧紧盯住安瑶。玻璃窗上有水滴拍打的声音，安瑶向外望去。下雨了。店内的空气仿佛静止，被雨水隔离的街道，让安瑶在Silver的目光中无处逃离。

“嗬，又下雨了。”安瑶的声音有些哽咽。她在想Silver是否记得自己害怕下雨，害怕刮风。她难过地想，就算小小瑶永远属于自己，最初买下它的他也还是要归属别人。他抛开过去，松开她的手，终于决定独自往前走。

“唔，好像有人在哭……”她接着说，声音微弱得好像恐惧打扰了静默的空气。

几秒钟的停顿后，安瑶转身准备推门离开。她想此次回国还是值得的，毕竟她在Silver尚是自由身的时候，见了他最后一面。她甚至可以更加自欺欺人，想象着他还是属于自己。明天就去机场吧，想到这里，安瑶推下门把手……

“小瑶！不要！”

突然从背后传来Silver身体的热度，和他身上浓郁的鸦片香水气息。安瑶被Silver紧紧揽在怀里，似乎要把她揉进自己胸口般地用力。甚至让安瑶感到自己的骨头都有些疼痛。她无力抵抗，无力呼吸。

“小瑶，为什么你又出现在这里？！为什么你的眼睛再一次看穿我，为什么你的声音再一次刺痛我的耳膜？为什么我原以为自己早就愈合伤口 ，可以无所顾忌地按照妈妈的想法和别人结婚，见到你后我还是……还是如此失魂落魄？！”说到这，Silver早已泣不成声。

他的下巴搁置在安瑶的脖颈上。安瑶感觉到有冰冷的液体顺势滑进自己的衣领，她全身一紧。那淅淅沥沥的雨水，竟然落入Silver的眼眸。

“喃，你才是笨蛋。你就要结婚，这样子万一被嫂子发现，我岂不是……唔……”

Silver迅速转过安瑶瘦小的身体，双手把她死死地抵在门上，用近乎粗暴的吻终止了她拙劣的表演。只给她留下一丝轻浅的呼吸和尽力回应的权利。

窗外的雨越下越大，好像要为这对被命运捉弄的情侣哭干所有泪水。路边的槐树叶子在风的抚摸下发出沙沙声，却害怕打扰这对恋人般，互相悄然传说着曾经属于他们的爱情故事。

五、如果这都不算爱

为何说谎？！

为何拱手献出原本属于自己的爱情？！

为什么，为什么？

…………

安瑶无法回答其中任何一个。她只是坚定地请求Silver回到雅雅身边。她记得他眼里的热烈火焰瞬间熄灭，转化为一种轻蔑。是的，她是爱情里的弱者。

胆小如鼠。

至少他一直这么认为。

自从和Silver谈过后他便不曾找过自己。校门口再也看不到那炫目的紫发，直到最后安瑶恢复了往日的旁若无人。她不再寻找，不再期待。她知道他不会再来。

安瑶自我安慰着，自己始终不配拥有爱情，学不会好好关心一个人，就连基本的父爱母爱都稀薄得可怜。

看看时钟，早过了11点，Flame这时应该人声鼎沸。她突然想跳舞。

从衣柜里挑出件桃色洋装，丝质的布料紧紧裹住自己匀称的身体，配上她喜欢的蕾丝吊带袜。她无心化妆，只是披散头发涂了些樱桃红的胭脂和透明唇蜜，踩上一双银白色高跟鞋就走出房门。

跳舞对安瑶来说是某种与生俱来的能力。她只有在音乐下才现出自己强悍的野性，好像贪婪的狐狸那般，目光与身心紧紧锁定猎物，一丝不苟。

这一秒安瑶太渴望音乐的抚摸和拥抱，她下了taxi就快步走进Flame，甚至等不及服务生替她开门。即刻震耳欲聋的节拍嗖地刺穿她的耳膜，她兴奋得全身发抖。忽暗忽明的灯光射向她，她漾出暧昧的笑容。

她想，希望他们都不在。安瑶望了望吧台，没有Silver和雅雅的影子。她如释重负，却又内心酸楚，像个被抢走糖果的小孩子。她在吧台边坐下来，暗中打量正忙得不可开交的夏溏秋。她曾听夏雅雅说有过多女孩喜欢自己的哥哥，特别是酒吧里那些来跳舞的，总是借口点酒的机会同哥哥搭讪。但夏溏秋似乎热衷于捍卫自己冰山王子的名声，那些愚蠢的女孩不知道，他属于典型的外表开放内心传统的人，他最讨厌酗酒成性的女孩。

安瑶想夏溏秋真是五官端正的男孩，又家教严格，没有别人五颜六色的头发，连衣服都是简洁干净。像在名校读书的大学学长，只差一副黑框眼镜架上鼻梁。她很喜欢这个没有血缘的大哥哥。此时她突然蹦出一个想法，如果夏溏秋成为自己的男朋友，那么自己一定会获得世界上最平淡无奇的感情生活。

呵呵，想到这儿她独自窃笑，暗骂自己愚蠢。

“小瑶？！你怎么来了？”

安瑶听到夏溏秋的声音连忙抬起头，见他拍拍另一位调酒师的肩，让对方先照顾下客人，随即一个翻转，从台内跳出来。

安瑶不禁莞尔，他竟然和自己耍帅。

“雅雅不在你还来，又想要什么花招，还是有事情要发泄。不能不乖哦，不然我捏你的小鼻子。”说完夏溏秋真的拧了拧安瑶的鼻尖，一脸宠溺。

“哎呀呀，我只是突然想跳舞而已。让我和领舞换班吧，今晚她可以提早下班。”

“这……”

“又不是第一次，我帮你炒一下气氛嘛。”

“好吧，趁雅雅不在，不然她一定说我偏心。”夏溏秋无奈地点点头。

“呵呵，溏秋哥我最爱你了，谢啦！”安瑶开心地跑进后台，没有看到夏溏秋脸上留下的错愕表情。

“小瑶，你又来了？！”化妆镜前的几个姐妹看到安瑶纷纷转头和她打招呼。她们很喜欢这个话不多、但非常温和的女孩，即使她们明白她和老板的女儿一样是千金小姐。她总是尽可能地帮助她们应付难缠的客人，有时甚至会帮她们请假，自己换上衣服在酒吧里领舞。

“Coco姐，今晚你的班是到几点？”安瑶走到一个豹纹打扮的女人身边问。

“两点啊，怎么了小瑶，又想替班？！”

“嗯。”安瑶笑着点头，“我已经和溏秋哥说好了。”

“哎，小疯丫头，真不懂你的书是怎么继续读下去的。”Coco一直打心眼里佩服这个才华横溢的女孩，她想安瑶注定拥有别人无法想象的经历和梦。她完全可以挥霍青春，置身欢场，可她一直拿捏尺度。

换好衣服的安瑶看着镜子里的自己，俨然一头野性十足的豹，引诱着人类的征服欲。她走到侧边的DJ小杰那里，指指自己的衣服，又拍拍手腕，比出2的手势。这是Flame规定与DJ的沟通方式，因为背景音乐很大，说话完全是最没效率的。小杰点点头，知道要增加音乐的性感度，并且要持续到凌晨两点。

安瑶纵身一跃翻到高台上的钢管旁，周围用尖锐的黑色铁丝筑成扇形栅栏，避免醉酒后的客人恶意骚扰，亦增强了视觉效果。安瑶最喜欢Flame的这个角落，无与伦比的安全感，让她肆意发泄。

她双手抓住钢管上下来回地轻抚，随后一用力，把自己拉近，背过身紧紧地贴住管，缓慢扭动，像一条柔软的水蛇。借着身体和音乐幽会，在越发浑浊的空气中缓慢下滑。

夏溏秋从下面注视着安瑶的一举一动，不得不承认自己完全被这个妖精般的女孩所迷惑。环顾四周，当然不止他一个人感到如此。一旁的调酒师走过来不怀好意地问他，喂，你真没给她任何东西喝？他不满地狠瞪对方一眼，滚开，她不是你想的那样！

夏溏秋转回注意力，他眯缝着双眼，心里清楚自己从未把安瑶当作妹妹看待，相反，他一直把她当作女人。确切地说，是幻想她有朝一日成为自己的女人。因此他从不允许她喝酒，他希望她没有被酒精刺穿过任何一个细胞。

大概过去三首曲子的时间，安瑶突然胸口闷窒得厉害，她微微皱眉往台下看，猛地看到一头炫目的紫发在灯光下忽隐忽现。他不是一个人来的，他的身后跟着个光彩照人的女孩子——夏雅雅。他紧紧地牵着她在人群中穿梭，小心翼翼地生怕别人不经意撞到她。看来Silver真的按照她的意志，回到雅雅身边。

灯光啪地随着音乐的鼓点射向台下，霎时形同白昼。安瑶的心却在那么一刹那跌落深渊，什么人群什么音乐全都遁形无踪，她的眼里只有一幕——雅雅和Silver抱在一起，她的手轻环他的脖颈，他们忘情地吻着彼此，深深地传递着相爱的信息。

安瑶僵直在原地，逼迫自己收回目光不看他们。她感到天昏地暗，此时此刻，就连呼吸都感到剧烈疼痛。

“喂！我说你，你不跳就下来陪我玩嘛！”台边一个满脸横肉的男人看着安瑶起哄。距离太远以至于夏溏秋根本无法注意到，但安瑶听得清楚。

安瑶连头都懒得转向那个人，她从心底鄙视他，但又祈祷他不会继续闹下去。

“干吗那么冷淡啊，就你个跳舞的清高个屁！嫌我没钱是不？！”说完那男人竟然翻出钱包，抽出一沓纸币往安瑶身上扔。幸好有栅栏在，安瑶心想。毕竟是溏秋哥的地盘，她不想给他添麻烦。

不知是那男人不甘心，还是狂妄地认为无人会为这个跳舞的女孩撑腰，他竟抄起酒杯，冲着安瑶就砸过去。

安瑶暗叫不好，想躲已是来不及。

无助的她下意识地遮住脸，啪啦——她听到玻璃杯被摔得粉碎，而自己却是毫发无损，甚至连一滴酒都没有落在她的身上。几秒钟过去了，依然什么事情都没有。安瑶不解地放下手，愕然看到站在自己面前的Silver。她伸出手摸向Silver背后的衣服，瞬间泪流满面。

那本该砸到她的酒杯，连同里面的酒，全部落在Silver的身上，那里已是潮湿一片。

“为什么帮我？！”安瑶边哭边看着面前还在微笑的Silver，他竟然有些得意。

“傻瓜，哭什么，这不好好的嘛……”说着他伸手帮安瑶擦去脸上的泪水，有些心疼地看着她，“吓到了吧？幸好我很及时，不然……”

“小瑶？！你还好吧……”

快步赶来的雅雅打断了Silver正欲出口的话，夏溏秋尾随其后，目光关切。

“没，没事，不必担心。”安瑶迅速藏起自己的情绪，强颜欢笑。

“唉，都是我不好，早知道不让你上台了。”夏溏秋在一旁懊悔地说。

“哼，你晓得就好！”Silver沉下脸色，语气颇为不满。

“虽然你是对的，但我想还轮不到你来说。你只需要关心我的妹妹……”

“好啦好啦，不过是一点酒而已。不早了，我要回去了。”安瑶打着圆场，怕气氛闹得更加尴尬，“雅雅，你们继续玩吧，我先走了。”说完安瑶转回后台换下衣服。她突然想回家看看小小瑶是否已经睡着。

安瑶整理了下裙摆，重新走到外面，却只见雅雅一个人坐在吧台边，非常失落的样子。

“雅雅，Silver呢？”

“他说突然有急事，就走了。”

雅雅皱眉，顿了顿。

“小瑶，今天是我和他在一起的第100天啊。我原本想和他庆祝，但看样子现在是不可能了。他根本不记得我们到底是哪天在一起的……”

安瑶看着平日呼风唤雨的夏雅雅，如今竟为了Silver的一言一语而心慌意乱魂不守舍。她的喜怒哀乐完全依附在Silver的身上，脆弱得不堪一击。

“小瑶，我总觉得Silver的心已经不在我这里。”雅雅无力地说。

安瑶看着眼前尚处花季的夏雅雅，几个月前还是拥有水蜜桃般的美丽爱情。而如今，面对自己的良心，安瑶只能无言以对。

她很想告诉雅雅，不是Silver的心已经不在你这儿，而是他的心根本没为你存在过。

沉默了片刻，安瑶轻声与雅雅道别。她做不到同时欺骗那么多人。

好累。

真的好累。

* * * *

安瑶走出酒吧，冷得瑟瑟发抖。她拉紧衣服，一个人沿着街边慢慢走。

夜晚是安瑶最喜欢的时段，静谧，空气中徘徊着月亮的味道。她把自己想象成一尾银白的鱼，在黑暗中摆动鱼鳍，在寂寞中穿梭。

夏溏秋曾多次提醒她不要独自一人走夜路，但她从不妥协。在她看来，没有什么比寂寞更可怕。因为意外是命定的，若真要发生，在劫难逃。

还没好好的感受
雪花绽放的气候
我们一起颤抖
会更明白
什么是温柔
……
有时候有时候
我会相信一切有尽头

相聚离开都有时候
没有……

“啊——”安瑶的《红豆》还没哼到一半，便被一个人影拖进阴暗的巷子。她竭尽全力地挣扎，刚要喊人，却被对方推到墙边发疯似的亲吻起来。伸手不见五指的黑暗中，安瑶无声地哭泣，全身发抖得厉害。她不懂是否因为自己面如桃花，便要受到如此大的惩罚。

“乖，乖，小瑶……别哭，是我……”

一个熟悉的声音响起，安瑶原本的恐惧冰消瓦解。她乖顺下来，不抵抗却也不回应。

Silver察觉到她的不对劲，立刻松开她。

“对不起……我不该这么对你。”

“你怎么在这里？”安瑶冷淡着口气，仿佛什么事都没有发生过。她嘴里横冲直撞着伏特加的味道，是来自Silver的。

“等你。”

“今天是你们的第100天，你不该这样对她。”

“安瑶，你到底要伪装到什么时候？！”Silver突然冲安瑶吼道，随即无力地倚靠到墙壁上。安瑶看不清他的表情，却把他的心跳听得分明。

“这与你无关！”她生硬地回答，转过头倔强地不看他。

“你，我不允许你这么说！”Silver厉声说，“过来，看着我。”

安瑶依旧固执地偏着头，不理他。

“哎，你这倔强的小妖精……”说罢Silver把她揽入怀中，“不要再逃避我的感情了好吗？这样子我很难过。”

他温柔的语气可以掐出水来，安瑶一下子觉得如果自己放弃这段爱，她将会多么后悔。她做不到，对这汹涌澎湃的感情视若无睹。对啊，爱一个人，又有什么错呢？

“来，把这个穿上……以后不许你自己走夜路，别总让我担心你。”Silver脱下自己的外套披到安瑶身上，弯下腰帮她仔细扣好纽扣。他看着安瑶被罩在过分宽大的衣服下，娇小的样子可爱如猫。

“小瑶，你发现没，自从遇到你后我总是在做同一件事。”Silver揽着安瑶边走边说。

“什么？”

“真是石雕脑袋啊，当然是送你回家了。”

“喂，你干吗总说我笨啦，讨厌……”安瑶不满地嘟起嘴。

“哈哈，想让我亲亲你吗？”Silver邪气地笑。

“你……”

“我？我什么我？”Silver看着无比可爱的安瑶，多么希望这一刻能够永远定格在此。

安瑶突然定住脚步，中了魔法般呆立原地。Silver不解地转过头，目光顺着安瑶的眼睛向前看去。

不远处，夏雅雅站在那里直愣愣地看着有说有笑的两人，她只觉得自己的天空轰然倒塌。自己的男友，竟然和自己最好的朋友在一起。

不远处，夏雅雅站在那里直愣愣地看着有说有笑的两人，她只觉得自己的天空轰然倒塌。自己的男友，竟然和自己最好的朋友在一起。

“雅雅……”安瑶轻轻地喊她。她知道此时所有的解释都会苍白无力。事实摆在眼前，一切无可挽回。

雅雅掉头就跑，像只受伤的兔子，踉踉跄跄的。

正要追上前的安瑶被Silver一把拉了回来。

“小瑶你别去，让我来处理。”Silver的语气带着些坚定，“相信我。”

安瑶目睹他沿着雅雅的方向消失在无尽的黑夜中。身上的外套还残余着Silver的体温，如今所有的一切却是满地狼藉不可收拾。

她很清楚，从此之后，谁都无法原谅谁。

六、笑脸道别

小瑶，出来谈谈吧。

空白的纸上写着这么孤零零的一句话，安瑶撕碎信纸。传达室的老伯说有个女孩子让他把信封交给她。

那次之后，雅雅一直不愿见她。她再也没有在学校出现过。前几天安瑶经过办公室时听到几个老师在讨论夏雅雅将要退学的事，印象中雅雅一直随心所欲，几乎对任何事都满不在乎。安瑶想不通，是Silver本身让她全然不顾多年姐妹的情面，还是她的不服气。她的痴迷，不仅没有换来Silver的死心塌地，竟还让别人抢了去。

不过安瑶觉得一切问题只要能谈论，便不会成为真正的难题。好比真正说得出口的委屈便不是委屈，最难过时，眼泪都疼得倒流回去。

但能够哭是好事，毕竟这象征痊愈的开始。安瑶一直讨厌同别人争抢东西，她没有雅雅的那份自信，她从没肯定过，某样东西会永远是自己的，无人能抢走。她保持着某些旁人无法理解或接受的观点，比如爱情，比如男人，她会说，你如果要，我就给你。

更何况现在面对的是她最爱的雅雅。

如果你要，我当然会给你。安瑶在心底轻叹。

哪怕我终会后悔。

* * * *

这些天安瑶一直在考虑同一个问题。

是某种突发奇想，却一直磐石般伫立脑海。

晚上安瑶有些坐立不安，她拉开桌边的抽屉拿出了电话本。上面有许多电话号码，却大都属于一个人——安瑶的妈妈。

总公司，前台，分公司，人事部，等等等等。每到一个地方安瑶的爸爸妈妈都会冒出新的电话号码，但安瑶从未主动拨过。她渐渐不觉得有任何事需要同他们说。但这次不同，这次的决定非同小可。安瑶需要征得妈妈的同意。

嘟嘟嘟——

安瑶竟然有些紧张，在她眼里自己的母亲始终是某种完美的象征，她高高在上，就连赐予自己女儿的母爱都包含女强人的事业感，从不拖泥带水。

“喂，你好！”

“妈妈，是我，小瑶……”安瑶握着电话，怀疑自己拨错了电话。对方的声音听起来竟如此陌生。这是自己的妈妈吗？

“哦，小瑶啊。我有些忙，等会儿还要开会。有事你先和李秘书说好吗？”

“嗯，好的妈妈，您多注意身体，我很好，不用担心。”

“好的，谢谢你小瑶。我把电话转给李秘书……”

安瑶很失望，但她体谅自己母亲的诸多不便。换句话说，她已经过于习惯。似乎女儿这个词不代表任何亲情的成分，仅仅是从母体分裂出来的另一个生命，责任而已。

“喂，小瑶吗？有什么事呢？”

安瑶听出是李秘书，忙回过神来。

“静阿姨，请帮我转告我妈妈，我不想留在国内读书。我想去英国完成学业。越快越好。”

“这样子啊，那董事长同意吗？”

“我想她不会介意的，毕竟我已经决定了。”

“哎……好吧小瑶，我会托人办理好所需手续，你准备参加最近的雅思考试，我会替你报名。其他的交给我处理吧，董事长最近忙得不可开交。”

“嗯，谢谢你了静阿姨。”

“呵呵，没事。是要去读高中对吗？”

“是的，我想留在那里直升大学。”

“也好，出去锻炼一下非常有益呢。况且以你的成绩，去哪里都不是问题。我会尽快的，弄好后会立刻通知你。”

“好的。真是麻烦你了静阿姨。”

…………

挂断电话后安瑶一头倒在床上，她回味着刚才的对话，颇有交代任务的感觉。出国留学，对母亲来说，只是要支付几位数字的学费的问题。

如果她走了，是否大家就都不必在爱来爱去的问题上费尽心思呢？！

爱情过于奢侈，年仅17岁的安瑶争不起，只能逃离。

*　*　*　*

初秋的天空湛蓝如洗，让人心驰神往，安瑶走在路上，却无限忐忑。

她和雅雅约好在仙踪林吃下午茶，是曾经她们每逢周末的必做之事。而现在，Silver的出现，把一切都揉碎在记忆里。

她知道雅雅会说什么。

“小姐，请问几位？”

“我约了人。”说着安瑶四处环顾，看到独自坐在窗边的夏雅雅，俨然大病初愈，憔悴得不像未满17岁。

尴尬的时刻终于来临，安瑶走过去坐下，发现雅雅泛红着双眼。

“雅雅，等很久了吗？”

雅雅摇头，不说话。

安瑶犹豫着怎样开口，此刻说什么都是艰难的。关怀会好似怜悯，解释就如同虚伪。以她对雅雅的了解，怎样都是不易。

“Silver说他爱你。”没想到雅雅首先打破沉默，“他说他从第一眼见到你开始，就已经爱上你。”

安瑶有些诧异，她没有料到Silver会如此直接。

“他还说……你是他唯一想要陪伴一辈子的女孩……”雅雅的声音郁郁沉沉，安瑶听着，心如刀绞。

“雅雅……”

“什么？”

“你爱他对吗？很爱很爱对吗？”安瑶密切注视着坐在对面的夏雅雅，不肯放过她脸上的任何情绪。

“是是是是，我爱他！！”雅雅的眼泪再一次溃不成军。

“但这有用吗？！小瑶，你告诉我，如果他的心根本从未属于过我，那我爱他还有用吗？！你说啊！！”雅雅声嘶力竭地喊道，引得周围人纷纷侧目。

安瑶哑口无言，她转头看向窗外，一对小女孩手挽手在街上游逛，对着橱窗里的衣服指指点点。她想，自己曾和她们一样，但她们有谁知道，这样双生儿般的形影不离，又会持续多久。

“小瑶，你也知道从小到大妈妈爸爸、还有哥哥都很宠我。我想得到的东西从没人敢让我失望，更别说会有人和我抢。你我几乎是一起长大的，我一直把你当姐姐看待。”听雅雅说到这儿，安瑶转头看了一眼雅雅，心想自己又何尝不是呢？！

“我不像你，成绩好人也漂亮，未来光明一片……我已经自甘堕落得太远，我原梦想着，等自己过了20岁就和Silver结婚。我不需要他养我，我只要我们在一起。小瑶，你也把我当亲生妹妹的吧，你很爱我不是吗？！”雅雅的声音非常无助。

“当然，我很爱你。”对此安瑶确信无疑。

“那么……既然如此，”雅雅低着头不敢看她，咬着下唇继续道，“小瑶，你爱我，就把你的幸福让给我吧……”

啪——啪——啪——

安瑶恍然间看到前方只剩一条丢掉尽头的小路，路旁的灯一个紧接着一个被击灭。

啪——啪——啪——

一盏、两盏、三盏……黑暗了安瑶全部的视线。

“雅雅，我们来玩个游戏。如果你抽到画着笑脸的纸条，我就心甘情愿地把幸福给你，再也不与Silver有任何联系。如果是哭脸，结果反之。我想如果命运真的眷顾你对Silver的这份爱，一定会偏心于你。”说完安瑶随手抽出一张纸巾，从中间撕开，分别画好并折叠。

她把两张纸条摆在雅雅面前，见她依旧低着头。

“你先来吧！”

雅雅如梦初醒，看着桌上一模一样的纸条，伸出颤抖的手，簌簌地拿起其中一个。

安瑶似笑非笑，拿过剩下的那个，毫不犹豫地打开。

“喃，看来命运的确是眷顾你呢……”安瑶随手把纸条塞进口袋，自言自语道。

“不过也没差，反正我的字典里没爱情。”她接着自嘲。

雅雅凝视着手中的笑脸，笑得如此灿烂多彩，好像那是一面标志着自己爱情胜利的旗帜。但这一刻，她为何始终开心不起来呢。

“好啦，何必为一个男人费尽心思。我先走了，以后你们好好相处听到没，记得让我做伴娘哦。”安瑶起身快步推门而去，留下雅雅一人坐在空荡的茶餐厅内，与一杯温热的咖啡和一个笑脸，沉默面对。

夏雅雅可能永远都无法预料，这其实是安瑶的临行道别，她的机票印着下个周六的中午11点20分，目的地是英国伦敦西斯罗机场。

当然她更不会知道，无论她拿起桌上的哪一张纸条，她都是胜利的。两张纸条真的被安瑶叠得别无二致，甚至连安瑶口袋里的那张，上面都画了笑脸。

这是安瑶唯一能够做出的选择。

笑脸，大大的，灿烂的笑脸……

* * * *

对Silver来说，安瑶好似一颗微乎其微的露水，转眼就被风干在10月的冷风里。他不明白明明说好的呢，为何她又退缩着。莫非她根本不爱自己，只是迷恋被人追逐的乐趣。

他已经连续几天找不到她。

安瑶看着堆在地上的蓝色行李箱，飞机是中午的，但她想快些去机场。反正无人道别，亦无事可做。

办好登机牌后她没有入关，而是无所事事地坐进咖啡馆。打开静谧的手机，她其实自有期待。手机的待机图片还来不及显示，Silver的电话就打来。安瑶接起，不说话。

“喂？你总算接了电话！”

…………

“说话啊，我找你好久，你跑到哪里去了……”

安瑶看着手表，她突然萌生一个想法。如果他能坚持30分钟面对自己的缄默不言，依旧不挂断电话，她就立即放弃航班飞奔至他面前。她要赌一赌，命运到底是眷顾谁的爱情。

“小瑶，怎么了，说话啊，这么多天我很想你。”

“对了，你有和雅雅说了什么吗，为何她又变回以往呢，她怎么还不死心。我说了我只爱你一个人的。”

“过几天我带你去植物园吧，树叶都红成一片，听说很美哦。”

红叶？安瑶歪着头回想，自己第一次也是最后一次看红叶，是很小的时候和父母去北京香山看的。记忆中那火焰般的黄栌树的叶子，挂满秋天的气息。为何Silver总是那么了解自己……

“小瑶，说句话啦，是心情不好吗？小小瑶怎么样，我准备明天去你那里临检哦，看看你这个做妈妈的有没有打开静谧的手机，她其实自有期待。手机的待机图片还来不及显示，Silver的电话就打来。安瑶接起，不说话。

好好照顾它……”

唔，小小瑶……安瑶想到，如果Silver知道自己已经把它抱回宠物店，他会生气还是伤心，她扯掉自己妈妈的旗帜，学会放手。她又能向谁诉说，自己送还小小瑶时哭了整整一路呢……

“小瑶，你快说话啊……”

Silver的语气随着时间的流逝渐渐急迫起来，而安瑶照旧不说话。

她一言不发。

“喂？！小瑶，小瑶你在听吗？”

“小瑶！！”

“说话！！”

…………

再等一下，一下下就好。安瑶在心里默默祈祷。

“小瑶，你不说话我就挂了哦……”

不要，安瑶在内心狂喊。让我再听听你的声音吧，我好怕，自己可能再也听不到了。

“小瑶小瑶……我真的挂了哦，我……”

嘟……嘟……

Silver的声音戛然而止，取代的是一片持续的忙音。安瑶看着手机的通话记录，觉得自己的世界真的轰然倒塌。

29分27秒。

他只要再坚持3秒，一切就能变得美好。看来现在所有的都仅仅是安瑶独自的想象。

安瑶看着面前冷掉的咖啡，徒然悲伤。

Silver看着黑掉的屏幕，暗骂该死。为何自己忘记充电呢！说着说着就自动关机，万一小瑶有什么意外怎么办，万一小瑶误会自己又如何是好！他急得直冒冷汗，四处张望着企图找到快速充电机。他还有好多话没有说完，即使小瑶永远不说话，他也要一直一直说下去。他确信她在听。真的，他感觉到她的呼吸，透过手机的电流温柔地抚摸着自己的神经线。他爱她爱得发疯，已经失去理智。

哎，该走了呢。安瑶暗自说着，拿起随身手提包进入安检区。

坐在冰冷的候机室，她拿出手机编辑短信。

原本，我是在等你独自说完30分钟的。岂料你在差距3秒的时候选择放弃。我想我真的该乖巧承受被人背弃的命运。兴许当初上帝造就我时，便剥离了我所有被爱的权利。我已经和雅雅说好，彻底放弃对你的感情。我就要登机，可能再也不会回来。你知道为什么我选择英国吗，因为那里冬季的黑夜足够漫长，我有更多时间去逃避……

冰冷的泪水滴落在手机屏幕上，恍惚间安瑶仿佛听到眼泪坠落的声音，如同自己的心。她按下发送键，心灰意冷地朝登机门走去。

突突——Silver感觉到手机的振动，连忙把它举到自己眼前。硕大的百货公司里找到投币充电机并不是简单的事，他满层寻找，心里的不安越发强烈。找到时已经过去了十多分钟，他告诫自己下次一定要随时留意。因为他记得自己曾和小瑶说过，我会24小时开机。

是来自小瑶的短信，Silver松了一口气，心想还好她没事。

点击查看，Silver的大脑轰的一声炸裂开。他差点站不稳，迅速用手扶住墙壁。

……什么！！！

小瑶，小瑶，你竟然如此残忍地丢下我一个人，前往异国他乡……你甚至，连再见都不和我说。

想到这里，Silver颓然地蹲坐在地上，好像面临破产的百万富翁，抱头哭泣。

七、时差七或八小时

安瑶一直觉得英国的夏时制真是妙不可言。她不会像许多同期而来的留学生般抱怨，并被时钟搞得晕头转向。她甚至去图书馆找寻有关这方面的资料，当她明白这只是外国人对于节约能源的一种方式时，她有些啼笑皆非。

夏时制，英文直翻便是“日光节约时制”，也有人称其为“夏令时间”。一般在天亮得早的夏季人为将时间提前一小时，可以使人早起早睡，减少照明量，节约用电。

据说最初有此构思的人是本杰明·富兰克林。他在任美国驻法国大使时，由于习惯当时美国乡村贵族的早睡早起生活，早上散步时看到法国人10点才起床，夜生活则欢闹至深夜，于是他给《巴黎杂志》的编辑写信，说法国人的生活习惯浪费大好日光，建议他们早睡早起，并提出每年可以节约6400万磅蜡烛。

后来德国首先实行夏时制，英国因为怕德国会从中获得更大效益，因此紧跟着也采取了夏时制。目前全世界大约有110个国家每年需要实施夏时制。英国是从3月最后一个星期日到10月最后一个星期日实行夏时制。

换句话说，从3月最后一个周日至10月最后一个周日，安瑶的时差是7小时。除此之外，她仍然和中国相距8小时之久。

她在想虽然英国人喜欢小题大作，但回头看看，任何事情若想成功必须如此。如果不始于某个坚定聪慧的人，并逐渐发展至全民的话，绝对难以成功。因为“有能力的人影响别人，没能力的一群受人影响”，亦舒说得没错，即便有些独裁专制的味道。

安瑶的高中是一所贵族寄宿学校，高年级的女生有独立的宿舍楼。学校对留学生有名额限制，如果不够优秀，是不会被批准入学的。经常有学生家长开着兰博基尼在宿舍楼下等待周末回家的宝贝女儿，大小不一的LV提袋，被随意地扔在地上。

周末是安瑶最喜欢的时间，学校异常安静，大部分本地学生都会回家。校内有户外网球场、高尔夫球场和室内游泳池、体育馆、音乐楼等等，一应俱全。她会抱着厚厚的乐谱去音乐室弹琴，或者去游泳，潜伏在池底憋气，直到胸口快要炸裂开。

她有时也会和宿舍的女生去俱乐部跳舞，但她们的目的是钓男人，而安瑶仅仅是想跳舞。于是她滴酒不沾。曾有外国女生惊讶地问她，不喝酒你怎么能兴奋起来？安瑶笑，说有音乐就足够了。

渐渐学校有传闻说安瑶只对女生感兴趣，使得诸多男生对她望而却步。安瑶在图书馆无意听到一群人的小声议论，没事人似的低头继续看书。她不过是拒绝了同样来自中国的一个上海男生，外加几个英国人醉意蒙眬时的吻。

只有她自己知道，她内心早就容不下任何人。她之所以如此忙忙碌碌，不过是借此忘记那个他。

自从她走之后，每天都会在中国时间凌晨1点准时收到一封Email。开头永远是“To:我的小公主”，而署名则是“Silver”。从未改变。

这是安瑶独处异乡唯一的慰藉。

Silver在信中缓缓地诉说着自己的童年或初恋，更多的是对安瑶的无限想念。他说他会一直写信给她，除非他死去。

当然雅雅也经常打来电话，更多的是在msn上留言给她，大都诉说自己在如何如何争取成为Silver唯一的女人，并总自欺欺人般说快了快了，他已经很爱我，并埋怨安瑶为何不告诉自己她要出国之事。

小瑶，我很想你，我哥哥也说他很想你，担心你在那边受人欺负。前天他还和妈妈说他也想去英国。我觉得他有可能在暗恋你，呵呵。

末了，她不放心地加了一句：

Silver没有和你联系过吧？！

安瑶盯着屏幕，快速打出一行行回复。她觉得自己骨子里渗透了恶毒的气体，沿着骨髓，慢慢扩散开来。用这里的话来形容，就是bitchy。

她一边祝福着雅雅努力朝自己永远不可能达到的目标前进，一边说着谎。Silver是谁？我已经快想不起来他的模样。

* * * *

隔年1月，安瑶就接到了一个电话，是夏溏秋打来的。

“喂？小瑶，猜猜我在哪里？”

“不知道。”

“怎么变得这么冷淡呢，我在London的叔叔家，下午的飞机刚到。”夏溏秋声音有些兴奋，安瑶不能确定这是以前的那个他。

兴许是太久未见面的原因吧……安瑶想。

“溏秋哥，我在看书，有事你能改时间再说吗？”安瑶翻着手里的课本，有些不耐烦。

“好吧，这周末去找你。”

安瑶不懂夏溏秋为何来此，但她记得雅雅说过他们家的一个远房亲戚在这边开酒吧。可能他是来增加经验的。当然最好如此。

周六下午，夏溏秋和安瑶约好在市中心的Starbucks见面。他们几乎有大半年未见，当安瑶笑着站在夏溏秋面前时，他竟有些发愣。险些认不出面前这个绸缎般长发，描着淡淡眼线，性感无比的透明唇彩，像只狐狸的女孩是出国前的安瑶。

即将成年的她，变得气质非凡。

“小瑶，你可是越来越漂亮了呢！”夏溏秋感叹道。

“呵呵，那是因为你太久没见我了。”安瑶坐下，把头发向后拨撩开。

“这是实话呢。小瑶，过得好吗？”夏溏秋关切地问。

“还不错。太习惯这里了，反倒不想回国……”

“你呢？为什么突然想来英国？”

“你想听真话还是假话？”夏溏秋问道。

“随你。”安瑶耸耸肩。

“小瑶，我发现你似乎变得更加……”

“什么？”

“冷漠。像冰雪皇后似的，让人捉摸不透。”

“呵呵。”安瑶笑笑继续说，“那我该是谢谢你。”安瑶端起咖啡杯，用手捂住，试图驱散身体的寒冷。

“小瑶，我这次来，其实是想当面问你……”夏溏秋顿了顿，看着安瑶的脸，“你愿意做我的女朋友吗？”

终于还是来了。安瑶内心叹息，为何就连她平时一直欣赏的溏秋哥也会问出如此唐突的问题呢？难道男人全是占有动物，见到心仪的女子，一定要到据为己有方可罢休吗？

她要怎么回答呢。毕竟是一起长大的，如同亲生哥哥一般。

“我知道你现在无心恋爱，但你要相信我的真心，我不是随便选择付出或得到感情的对象，我只要最优秀的。”说着夏溏秋轻轻按住安瑶的手，仿佛在试探她的心意。

“溏秋哥，你突然不远万里地来到我面前，就问我这种问题，我想我很难回答你。你周围如此多的女生，何必只……”

“但她们无法同你相比！”夏溏秋打断安瑶明显的敷衍。

“我在Flame做了那么久的调酒师，虽然只比你和雅雅大一岁，但毕竟目睹很多残花败柳。我想找一个真正能陪我度过一生的女孩，而不是随随便便的某个女孩，你懂吗？雅雅也曾和我说过你和Silver的事，但那都过去了，无论你们以前爱得多么刻骨铭心，他现在是属于别人的。你知道自己走不回原来的路。”

“你不给我任何答复前，我不会回国。我想等你大学一毕业就同你结婚。”

安瑶诧异地朝夏溏秋望去，不懂他为何对自己如此执著。她无奈地叹了口气，试图岔开话题。

“溏秋哥，让我考虑一下。你的叔叔不是在这里开酒吧吗，今晚带我去吧……”

*　*　*　*

是不是，该是时候选择一个深爱自己的人，重新开始呢？安瑶扪心自问。虽然她比谁都清楚自己的回答。溏秋哥说的那些话，安瑶没有怀疑过其中的可信成分。她根本不在乎。

属于夏家的酒吧开在离市中心不远的街区，离一所大学的学生公寓却格外相近。在巷子的尽头，夏溏秋带着安瑶绕来绕去走了好久。黑暗里踩着高跟鞋的她有些摇摇晃晃，于是夏溏秋就抓住她的手，温柔地说，笨蛋我拉着你走吧……

皎洁的月色下，安瑶心里猛地阵痛。

Silver的脸忽隐忽现。

酒吧的名字很奇怪——Corritap，安瑶猜想，是和它处于像走廊一样的角落里有关系吧。从外面就能闻到浓烈的酒精气，里面传来阵阵隐隐约约的笑语。

推门进去，里面都是些学生，安瑶从无意间听到的对话便可以分辨，很多都是初入大学的新生，在讲着课上演讲老师的笑话和刚刚结束的考试，当然更多的是说些花边新闻或黄色笑话。醉意浓重的男人们正大光明地凝视女孩低浅的领口和快要露出屁股的裙摆，在这个国家没有情感思想上的禁忌，只有行为上的。

音乐太大声，安瑶没了和夏溏秋说话的力气。坐了不到10分钟便觉得无聊至极。她一口喝干自己杯里的酒状物，转头看着夏溏秋。她之所以称那个为酒状物，是因为她知道溏秋哥不会允许太多酒精流入自己的身体。她看到他和吧台的酒保说了些什么，之后酒保背着身一阵摆弄，把两杯明显不同颜色的酒递给他。

她拉拉夏溏秋的衣服，在他耳边说："溏秋哥，这里太无聊，我们去clubbing好咯。"夏溏秋竟然没有反对，点点头牵着安瑶走出去。

踏出门的那一刻安瑶有些眩晕，她想可能是自己喝得太快，毕竟那也是酒。

"附近有club吗？我对这里不熟。"安瑶问道。

"有的，昨天叔叔带我在这附近转了好几圈，就为了让我快些适应。"

"大概要走多久？"安瑶看了眼手表，已经过了1点钟，Silver的信估计只能明天回宿舍再收了。

"不远，就在下条街……"夏溏秋笑笑说。

"哦。"安瑶用手扶住头，她头晕得越来越厉害，甚至脚步都踉跄开来。

"小瑶，你还好吧？"

"我……我很好……只是，那个……头好晕。"安瑶再也坚持不住，扑通一声跌在夏溏秋的怀里。她努力地睁开双眼，却依旧模糊一片，所有景象渐渐缩成一个光点。直到自己被黑暗彻底吞噬，她完全丧失了知觉。

"小瑶，小瑶……"

夏溏秋轻轻晃动着怀里的安瑶，确定她体内的药物作用已经完全发挥。当然那不是什么所谓的春药，他不会对自己心爱的女子这般下道，只是普通的速效安眠药而已。

如果不是他再也无法忍受自己暗恋这么多年的她心里还残留着另一个男人的身影，如果不是半年来她变得更加令人神魂颠倒，如果不是自己的妹妹帮他出了这个主意……他一定不会这么做。当然，出此下策真可谓是一举两得，既能让Silver死心塌地的归顺妹妹，亦能让安瑶有口难辩地和自己在一起。

虽然这么做有些卑鄙。安瑶的反应无法控制，但夏溏秋觉得尝试一下未必不可。

想到这里，他抱起安瑶走回叔叔酒吧，不顾周围人的指指点点，径直上了拐角的窄小楼梯。上面有一间小小的屋子，算是阁楼，叔叔说他可以把这里当作休息室。累了就小睡一下，门上配了钥匙，除了自己无人打扰。

夏溏秋开了门，把怀里的安瑶轻轻放在床上，又随手关好房门并反锁。

他凝视着熟睡的她，浅浅的呼吸，乖巧得像只小猫一般。不，确切地说，更像是折断翅膀的天使。他替她摘掉发卡，脱下高跟鞋并盖好被子。犹豫了一阵，还是掏出裤子口袋里的手机。他知道这么做可能会让安瑶一辈子都无法原谅自己，但事情既然已经发展到这一步，没理由不进行下去。

手机的镜头对准毫不知情的安瑶，咔嚓——

熟睡的她被定格在照片上。

夏溏秋看着照片，觉得这还不够。于是他脱去上衣躺到安瑶一侧，把焦距调到足以容下两个人，又是一阵咔嚓声——翻过躺在身旁的美丽女孩，夏溏秋极力克制自己的

他凝视着熟睡的她，浅浅的呼吸，乖巧得像只小猫一般。不，确切地说，更像是折断翅膀的天使。

邪恶冲动。他告诉自己绝对不可以伤害她，特别是在她昏睡不醒的时候。

看着几张说服力十足的照片，夏溏秋松了一口气，他通过手机邮件的形式把照片发给夏雅雅，在接到成功投递的回执后迅速删掉所有照片。希望一切顺利，他暗自想。

最后他轻轻吻了吻安瑶的额头，替自己也盖好被子。小心翼翼地搂住瘦弱的她，渐渐睡了过去。

八、无力回天

英格兰稀薄的日光苟延残喘地爬上了安瑶的脸。她有些闷热，用手捋了捋额前的长发，睁开眼，她惊讶地坐起身。

这是哪里？！安瑶的记忆停滞在昨晚的酒吧里，之后便是一无所知。

看着自己身上完好无损的衣服，她想自己一定是喝醉后被溏秋哥带到这里暂住了一晚。推开房门走下楼梯，她看到夏溏秋坐在一张桌前正对着笔记本电脑和谁聊天。

“早安。”安瑶轻缓地说，似乎头还有些痛。

“哦？小瑶你醒了，呵呵，喝那些酒就醉倒，还真是少见。”夏溏秋见她朝自己走来，连忙合上电脑。

“唔，可能是空腹的原因吧。”其实安瑶也搞不明白，自己不是那种滴酒不沾的女孩，曾经喝过伏特加和红酒之类的，但从未当即醉倒过。

“想吃点什么吗？你从昨晚到现在都没吃东西。”夏溏秋体贴地问。

“不了，我还有些不舒服，能送我回学校吗？”安瑶站在那里。她现在只想快些回到自己的房间，热水淋浴，然后裹在浴衣里面睡到明天。当然，还要记得查邮件。一天没有Silver的任何讯息，她还真有些不习惯。

“这样啊，好吧。”夏溏秋还想说些什么，但终是制止住自己。

坐在车上，他们都异常安静。安瑶微合双眼，一句话都不想说。如果Silver知道自己在别的男生那里借宿一晚，他会嫉妒吗？安瑶又想到之前溏秋哥让自己考虑的问题。女朋友？！不，她想她还是无法接受。

咳咳——安瑶感到喉咙酸涩地疼，身体也是毫无力气。怕是又要感冒，每到年初便这样。

到了宿舍楼下，安瑶转身和夏溏秋道别。

“回去好好睡一觉，你可能昨晚没睡好。”

“嗯，我会的。溏秋哥，你会在这里待多久？”

“呵呵，我说过，会等到你答应我。在那之前，不要企图让我离开。”末了他又说，“我来是想照顾你。”

安瑶无话可回，只能轻声“嗯”了一下，随即走回楼内。楼梯还没上几步，就碰到同层的冰。她是这栋楼里除安瑶以外的中国女生，来自四川，长得非常漂亮，亦是不辜负重庆美女的称号。安瑶欣赏她放肆狂妄的性格，有时看起来自然率性无比。

“哈，Ann，刚才那位帅哥是谁？”冰只穿了一件上衣，露出白皙的腿，手里捧着一盒哈根达斯一匙一匙地吃。她毫不在意地跟随安瑶走进房间。

“一个朋友。”安瑶空出床给冰，自己则走进浴室。

“只是朋友？你昨晚可是夜不归宿哦。”冰调笑道。

“我喝醉，于是就借住他那里。”安瑶试图解释，却怎么样都觉得话中暧昧无比。

“哈，于是酒后乱性了吗？”冰问。

“没有。我们什么都没做。”安瑶脱下裙子，面无表情地回答。

“啧啧，真是可惜。你怎么那么不会把握机会呢？那男人看起来很棒。”冰晃着两条腿，有些无奈和惋惜。

“你要？你要的话，下次我介绍给你。”

“真的？这可是你说的。”冰闪烁着眼睛，安瑶笑了出来。

“真的真的真的，我亲爱的大小姐，现在我要洗澡了，之后去你房间找你啦……”

“唔，也是，我不能再吃了，我发现我又胖了。”说着冰站起来对着镜子检查自己的大腿，又撩起衣摆转身看看臀部。

安瑶不理她，径自走进淋浴间，打开莲蓬头。

半小时后，安瑶穿着浴衣走出来，发现冰已经回去，只留下半盒未吃完的冰淇淋在桌子上，早已化成了一摊咖啡色的水。这个粗心的家伙，安瑶想。随即打开电脑。

一封来自学校生物组的邮件吸引了她的注意，说是复活节的时候需要4名志愿者协助生物老师去南非的一个动物保护基地做研究课题。每人一周，大概就是做些记录类的工作。要求是必须有良好的数学以及生化知识，细心认真。

安瑶正巧发愁自己放假又是无处可去，这个机会倒是难得。她认得发邮件的Dr.Vat，自己经常在试验室见到她。于是她立刻回了邮件，询问是否还有空余名额，并提出可以做久些。

这样子，就能躲过溏秋的追逐了。安瑶默默地想。

拿起桌上的文件夹时不小心碰到笔筒，里面的东西哗啦散落一地。

…………

不知为何她总觉得忐忑不安，似乎有不好的预感。到底出了什么事……安瑶骂自己多心，一定是自己还在宿醉着。

跳转Yahoo的收件箱，果然Silver的信已经等在那里。但不同的是，这次有两封。这么奇怪，现在还未到时间，为何会有两封邮件？！难道他忘记说了什么……安瑶怀着大大的问号点开较早的一封。

里面照旧是些琐琐碎碎的事情，与平时无异。Silver总是叮嘱自己要按时吃饭，天冷记得加衣。英国频繁下雨，不要忘记带雨伞。他还提到上午出门时，在街上看到一个极像自己的女孩，当然是从背后看起来。等他跑上去拦住那人，转过来的却是失望。Silver说，小瑶，我怕自己想你想到快要发疯掉。好担心自己，在面对雅雅的时候喊出你的名字。我亲爱的小公主，你不会希望这种事情发生吧……那你快回来救赎我吧……

嗯，貌似也没有什么重要之事。

安瑶皱着眉点开第二封。发件时间是中国的早晨，安瑶回想，也就是自己昨晚睡着后。

结果这封不过百字的信，依旧是那开头、那结尾，那郁郁寡欢的淡紫信纸。安瑶却看了近一小时。她翻来覆去地读，揉着眼睛，蓦然发现自己早就泪流满面。

就连自己的衣襟，也是片片潮湿。

原来葬送一段感情，是如此轻而易举。

原来Silver眼里的自己，是这样卑鄙不堪……

她还能说什么呢。

终于这个世界上，只剩自己孤零零的一个。再没有人愿意宠溺她如小公主了。

TO我的小公主：

小瑶，我是如此爱你，爱到忘乎所以不顾一切。

但我想这将是我最后一封Email。

你知道吗，我难过的根本不是你选择了谁成为你的幸福。

我爱你。我希望你幸福！

我最心痛的，是这么久……你竟然对我一直隐瞒。

你是否从未爱过我？！

你心中的那个他，根本不是我对不对？

好了，谢谢你善意的提醒。

小瑶，我的小公主，对不起。

我想我对你那无法言喻的爱，

只能到此为止了……

Silver

*　*　*　*

安瑶躺在医务室，觉得自己快要死掉。

全身的皮肤像被火焰烧灼似的痛，但身体却感到格外寒冷。米歇尔太太已经在自己身上盖了两床被子，并喂她吃下退烧药。可持续的高烧并未好转。安瑶听到门外的谈论声，似乎在说如果这个女孩再病下去，估计要烧出什么并发症。

其实安瑶知道自己的病因。

她相信自己没事。从小就是不太健康的体质，但也未得过什么大病。身体上的疼痛能借助那些白色药片去减退，那么心中的呢？一道道鲜血淋漓的伤痕，又能用什么去愈合。

“Ann，你想吃些什么吗？”米歇尔太太进来问，“我想你需要多吃些东西。现在是晚饭时间，我正要去餐厅。”

“嗯，能帮我带回一个苹果吗？”安瑶轻轻地问。现在除了能让自己身体冷却下来的东西，她什么都不想吃。

“只要一个苹果？！我还是带回些pasta吧，等你饿了再吃。”

“谢谢，十分感谢！”

安瑶看着胖胖的护士消失在门口，长长地叹了口气。

她侧身贴住柔软的枕头，希望自己明天就能离开这里并开始上课。自从看了Silver的信，安瑶已经在病床上躺了3天，一直高烧。睡着，醒来，吃药，再睡过去，不断循环。不对，那不是一封普通的信。安瑶告诫自己要面对现实，那是封诀别信。

Silver说，我对你的爱，只能到此为止。

安瑶滚烫的脸再次感到冰冷的液体。她想不通一切还是好好的，为何Silver突然说出如此绝情的话。难道是他知道夏雅雅的哥哥来英国之事？原来远距离便是这样，所有事情有口难辩，根本不留任何解释的余地。

安瑶闭上眼对自己说，小瑶，是时候面对现实了。

病好之后，就和夏溏秋在一起吧。至少他不会说出如此薄情寡义的话，不是吗……或者，至少暂时不会。

爱情不是过家家，更经不起一次次的怀疑揣测，既然Silver不相信自己真心爱他，那又何必如此苦苦强求。兴许他只是在找借口，他可能早已爱上雅雅。

小瑶啊小瑶，你又有什么资格，孩子气地要求Silver永久爱你宠你关心你呢？！

* * * *

转眼已是阳春3月，安瑶坐在沙发上捧着电脑看电影。她听到敲门声，赶紧放下电脑跑去开门。不觉中自己已经同夏溏秋交往了两个月，她每周末不再独留学校，而是同其他英国学生般，回到夏溏秋的住处。夏溏秋对她宠爱有加，经常做些拿手好菜，并且还买来烹饪书籍，学着烤蛋糕、饼干之类的小点心给她吃。他总说，小瑶你要胖一些，这样才能生个健康的宝宝给我。安瑶每次都哑然地笑笑，她根本没想过会嫁给他。

每当早上天色微明的时分，安瑶都会睁开双眼凝视着这个不属于自己的房间。是的，她承认自己已经被她放逐得足够远。她是被爱情放逐的孩子，早已回不到从前。

“小瑶，呵呵，饿了吗？我买来你最喜欢的甜甜圈，等会儿过来吃。”

“嗯，谢谢。”安瑶接过夏溏秋手中的塑料袋。她原本想叫他溏秋哥，但自从两人在一起后，夏溏秋便不允许她这样叫。他希望听到她喊老公，无奈她始终做不到。

“哦，对了小瑶……”

“什么？”

“你有在上网吗？”

“嗯，有啊，怎么了？”

“呵呵，雅雅说她传了新的照片在空间，好像是去哪里玩来的。我们一起看看吧……”说着夏溏秋坐在安瑶身边，一手揽住她的肩。

安瑶听话地打开QQ，点开雅雅的个人主页，果然有更新照片的提示信息。

然而她的手却失去控制。即使是小小的图片提示，她也清晰地看到照片里不只雅雅一个人，是她和Silver的出游照片……

点击相册，图片被放大。一共有34张。安瑶极力掩饰自己，装作无事人般一张张地浏览过去。每张都不敢多看，甚至略瞅一眼，她都心痛难耐。

“哈，看来雅雅这小丫头很幸福呢，说实话，她和Silver两人还真有些……哎？那话怎么说来着？”夏溏秋问安瑶。

“不知道。”安瑶完全不想说话。

“哦，对了，夫妻相！你不觉得吗，他们真是般配的一对。”

蹭——安瑶迅速站起身，差点把电脑弄到地上。

“那个……我饿了，要去吃点东西，你刚刚买了甜甜圈是吗？……”说完，安瑶逃也似的快步走进厨房。

打开冰箱门，她突然忘记自己要做什么。她仅仅是单纯地想逃离那些幸福的笑脸。好像一根根闪亮的银针，径直刺向自己的双眼。

Silver现在过得一定很快乐，雅雅不会同自己这般情绪多变口是心非，更不喜爱迂回婉转的爱情方式。她甜蜜、美好，单纯如儿童般，有粉水晶样的心，勇往直前地扑向自己的爱情。安瑶知道，Silver这么做是如此正确。换作任何一个正常的男子，都会选择比较阳光、比较简单的那一个吧……再看看自己，曾有过长期抗抑郁药物的服用史，从未学会如何去爱一个人的平凡女孩。

“小瑶，你还好吗？”夏溏秋等了太久，觉得有些不夏漕秋等了太久，觉得有些不对劲，便走来探视。看到安瑶一个人对着冰箱里的水果饮料出神。

对劲，便走来探视。看到安瑶一个人对着冰箱里的水果饮料出神。

“哦，呵呵，没事没事，我只是在想……冰箱里太多东西，我都不知道该吃什么好咯。”说完安瑶关上门，转头对夏溏秋灿烂一笑。刚才的氤氲哀愁刹那间烟消云散。

*　*　*　*

好像什么都没有发生过。

是的，她和Silver之间，什么都没发生过。

“溏秋哥……”

“怎么？”

“你不打算回国了吗？”

“呵呵，不急，我想多陪你些时候，怕你一个人在这里寂寞。”

啊，寂寞……安瑶自嘲地想，如果我会害怕寂寞，那我已经持续害怕十多年了。这样说来，自己恐怕早就该进精神病医院，病因：恐慌症。

“只是，我复活节的假期要去南非，协助我们学校的生物老师做研究，之前申请的名额已经下来，大概会在那里过完整个假期。”安瑶说了个小小的谎，她希望夏溏秋快些回国。

“那你的意思是……”

“你不需要为我留下来，我已经习惯独自生活。”

“小瑶，你有没有想过，远距离恋爱会非常辛苦？”

夏溏秋走到安瑶身边问。

“嗯，我知道。但是没办法，这对我报考大学非常有利。而且我需要集中精力在这上面……”安瑶中肯地解释，她知道夏溏秋一定会妥协。

“这……好吧。你说得对，毕竟你还小，读书是你的头等大事。我不能强求你，相信你有这个实力。”

夏溏秋笑了笑，温情脉脉地抱住安瑶。他本不是如此深陷爱情的人，也从不为了某个女子让步抑或委曲求全，但面前的安瑶就有这种魅力，他的心早就被她偷了去。她的一颦一笑，牵扯他的每一根神经线。

“我会在国内等你，等你愿意回来的那一天。记住，我的心只能容下你一个。小瑶，你要相信我的真心。”

九、丢失与寻觅

拿到AS成绩的时候是7月末，安瑶正躲在意大利西西里岛的一个小镇。如果不是尚未回国的冰打电话给安瑶，她根本忘记有成绩这回事。

凡事就是如此，你不在乎，自然不会记得。

“Ann，西西里好玩吗？”

“嗯，还不错……”安瑶坐在阳台上，戴着大大的太阳镜俯视远处的大海。

自己已经在意大利辗转近半个月，是上周才到了西西里，这是地中海最大的岛屿。她记得旅游书上记载着历史学家格斯说过的话：如果不去西西里，就像没有到过意大利，因为在西西里你才能找到意大利的美丽之源。彼时自己甚是期待。然而当自己真正来到这里，带着极少的行李和一种逃避现实的心理，居然发现这块辽阔富饶的土地，亦不过如此。

她眼前的景色只能用欣欣向荣去形容，气候宜人，果气馨香，到处都是天上人间的幻觉感。对安瑶来说，这只会让自己更加寂寞。她一直逃避美好的事物，别人喜欢的，大都无法接受。她甚至没有带照相机，如果遇到自己非常喜欢的景象，她会定定地看，刻在脑海里。

之所以选择意大利，不过因为这里离英国比较近，却不像法国似的近到让自己无法理会行走的自由。至于为何在此停留许久，安瑶想，或许是因为自己有太多时间去消磨。

“Ann，今天发成绩，你怎么还是一副事不关己的样子！”冰在那头急切地说。

“又不是最后一年，怕什么……”

“唔，你成绩好当然这么说。刚刚舍监告诉我，你每项都是A哦！”

“嗯。”安瑶蜷起腿，开始数空中的海鸟。

“真不回国？”冰问道。

“不回。”

“永远不回？”

“不回。”

“哎，好吧，真是没人要的孩子，一点都不可爱。”说完冰挂掉电话，她当然听得出安瑶根本无心与自己讨论任何成绩问题。她是在认识安瑶后才知道，原来世界上真有这种人，之所以热心学习，是因为实在是无事可做。安瑶有帅气的男朋友，但她宁可多读几页书也不愿和对方把电话粥煲得久一些。

唔，还不错。安瑶心想。至少这样子9月份的个人申请简历会写得容易些。光阴如水，淌过皮肤不留痕迹。转眼，自己已经在这里生活一年，骨子里都融入异国异乡的气息。与那个人未见，也是一年。

面对大海，安瑶终于吐露心声。

Silver，我是如此想念你。

* * * *

安瑶订的机票是在晚上，意大利到英国的航程大概3小时之多。她在短途飞机上很难入睡，只能带着耳机看小说。

正看得入神，突然有一把彩色的水果糖递到她面前来。她诧异地抬头，发现原来是一位上了年纪的婆婆，正对她慈祥地微笑，眼角布满时间留下的鱼尾纹，她用不是那么标准的英文问安瑶，吃糖吗，这是我最喜欢的水果糖。

安瑶不好拒绝，说了谢谢便笑着拿起一颗剥开糖纸塞入口中。

“糖纸可以给我吗？”婆婆又问。

“啊？”安瑶被问得有些愣住，但还是点头，随后立即补充道，“这糖真的很好吃。”

老婆婆笑得更加开心，甚至眼睛里还透着些得意。她拿过糖纸，用手小心翼翼地叠好，放入随身携带的一只银色首饰盒里。

“姑娘，知道我为什么会收集糖纸吗？”老婆婆像看透安瑶的心思般，轻轻地问。

“莫非这糖纸，对您有什么特殊的意义？”

“呵呵，是的。”老婆婆闭上双眼，好像在回忆当年的往事。

“这个牌子的水果糖，是我先生在世的时候最喜欢吃的。如今很难在超市买到，但我仍然有办法。我总是能找到地方买到它们。”老婆婆孩子气地眨眨眼。

“哦，我很抱歉……”安瑶立刻说。

“没事，已经很久了呢。说实话，真正应该说抱歉的人是我，这些年我一直在想办法和天堂的他说对不起。年轻的时候我不懂事，觉得爱情就该轰轰烈烈。我热爱旅行，我的先生却是脚踏实地的中学教师，于是我常年不在家，根本不在乎他的感受与想法。”老婆婆停了一下，拦住刚巧经过的空姐，要了一杯冰水。

“以前啊，我要环游世界要激荡人心的爱情，要不被束缚……我总觉得，我的先生除了给我提供一个温暖却乏味的家，其他的什么都给不了。我曾有好多次企图和他离婚，但他总是抱住我请我不要这么做。他说，艾米丽，你可以四处游玩，但求你容许我给你保留一个家，一个你疲倦时可以栖身的地方，我发过誓要永远爱你……”

“您先生，很浪漫啊……”安瑶感慨。

“呵呵，你知道在我旅行的时候，他是怎样表达自己的爱意吗？”

安瑶想了想，最后摇摇头。

“这个牌子的水果糖，是我先生在世的时候最喜欢吃的。如今很难在超市买到，但我仍然有办法。我总是能找到地方买到它们。”老婆婆孩子气地眨眨眼。

“我每到一个地方，就会寄回一张明信片告诉他我平安抵达并可能停留几天。不出一周，我都会收到一袋我先生最爱吃的那种糖，颗数是按照我停留的天数来计算的，一天两颗，一周14颗……我收到最多的一次，有将近一个大购物袋，哈，那也是我出门最久的一次。”老婆婆想到这儿笑了笑，脸上满是幸福感。

“我问过他，那么远寄这些没用的糖做什么？！他说，这是他从小吃到大的糖，他对无法陪我旅行的事感到非常内疚，于是只能送他最爱的东西给……嗯，最爱的我……从未间断过。直到最后一次，我在印度，等了好久都等不到他的糖。我顿时慌了手脚，感到世界都塌方了！赶回家的时候，我便清醒地意识到，自己再也无法收到来自他的糖果。从那之后啊，我每次出行，包里必带几块这种糖，经常和别人分享，好像我先生还在身边一样。我是最后才意识到自己有多么爱他，失去他，真的好像失去一切……”

“对不起，让您又想起这些。不过您先生如果知道您是这么想念他，一定很开心。”安瑶说着，恍然想起Silver曾送过自己的小小瑶，略微惆怅。

“呵呵，姑娘，我能问问你有爱着的人吗？”

“唔，有，只是，他也不在我身边。他在中国……”安瑶知道自己指的不是夏溏秋。

“哎，那我告诉你个小秘密。爱是动词，不是别的什么其他东西，是单单纯纯的动词。这就意味着，既然你爱他，就要用一切行动去表达。因为爱是会动的，一旦它跑丢了，你再想找回来就来不及了。”

…………

* * * *

爱是动词。

是吗？为什么安瑶觉得自己的爱，只是死气沉沉的一个字，如同其他任何一个物什一样，安静地摆在桌子上，每天挨着灰尘的侵蚀，连抱怨都说不得。

她独自坐在音乐室里，慢慢拂过黑色的Yamaha三角钢琴，好像在吻音乐的脸，与时间窃窃私语。苍白的手指重新回到琴键，她想起一首Silver曾弹过的曲子，是李斯特的《钟》。

彼时她偶然听到，有些出神，结果几天后的一个夜晚，Silver在Flame公开演奏了这首曲子。虽然与环境不符，但还是博得阵阵掌声。台下很多年轻的女孩都用羡慕的口气说，如果我能找到这么帅气的男朋友该多好。

潮水般的琴声从安瑶的指下澎湃而出，气势汹涌地冲垮了回忆的堤坝。往事泛滥的那一刻，两行清泪倏然掉落。啪的坠在琴键上，被风吹得没了踪影。

安瑶顾不上擦眼睛，她只是执拗地弹着琴，唯独这个时候她才能肆无忌惮地想他。她爱的他，不属于自己。

“我从没听过如此悲伤的李斯特，好像贝多芬的悲怆那样……”一个声音在安瑶背后响起，若有所思。

安瑶吓了一跳，琴声戛然而止。

“对不起，吓到你了？”那个声音转移到安瑶面前，原来是她的钢琴老师。安瑶在校内选修了很多副科，亦参加了合唱团。

“哦，没事，呵呵，是我在想事情。”安瑶赶紧摸摸脸，确定自己没有泪痕在上面。

“你是想到了谁吧……”有些年迈的老师狡黠地说，“我可以用用吗？”他指指钢琴。

“嗯，当然。”安瑶站起身，让出座位。她的钢琴老师对人一向和善，但同时对布置的曲目质量非常苛刻，安瑶记得自己曾弹过莫扎特的一首回旋曲，花去自己将近两个月的时间。因为老师说，弹莫扎特，一定要万分精确，不然他会对你很失望的。

同样的曲目，老师弹得却风格迥异，安瑶仿佛置身于希腊的某个广场，白色建筑沐浴在温暖的阳光下，有和平鸽飞舞的声音，伴着精灵般跳跃的钟声，隐隐约约，亦真亦幻，在耳畔萦绕不绝。

“我想，你之所以弹得那么悲伤，是曾经弹这首歌给你听的那个人，也让你留下什么深刻的记忆。”一曲终了，老师笑着说，“刚才我弹了一版幸福些的《钟》给你，这样你就能综合一下，以后想怎样表达都绰绰有余。”

“谢谢老师。”安瑶说。

“呵呵，那你继续练吧，我不打扰了。”说完老师站起身走了出去。

空荡荡的琴室内，再度剩下安瑶一个人。她坐回琴凳上，脑袋里像穿错了线的电路板，火星噼啪四溅，完全没了刚才弹琴的情绪。

她只想见到Silver，想真真切切地抱住他，亲口说出自己的爱。

她的青春，只有几年之久，她觉得如果自己就这样放弃一个深爱的人，两鬓斑白的时候，一定格外后悔。无路可退其实多么美好，好像一本书里说的那样，爱一个人决不潇洒，为自己留了后路的，也就不是爱。

倘若真的爱上一个人，即使粉身碎骨，也在所不惜。

这便是爱，青春的，热烈的，激荡人心的。

也只属于年少的20岁不到的人。再大一些，估计理智就让人变得愈发胆怯。

想到这，她立刻收拾好琴书走出音乐楼。

安瑶一路飞奔回到宿舍，嘭的一声打开门。见到冰坐在床上看电影，被自己吓了一跳。她一直喜欢安瑶房间外的景色，由于背对其他宿舍楼，不会那般吵闹，窗外又是一片草地，漫无边际的绿色。

“这么快就回来了？”

“嗯……”

“正等你呢，太好了，过来和我看电影吧。”冰没抬头，估计是电影太吸引人。

“等一下，我要先做一件事。”说着安瑶急急忙忙打开电脑。

“干吗啊，火烧火燎地像个疯子一样。”

“订机票。”安瑶快速回答，点击开英航的班次表，找寻12月份的航班。

“什么？！订机票？你又去哪里啊……”冰终于抬起头，停住电影。

“回国。”

“你不是发烧了吧？你一年不回去，怎么突然就决定又要回国呢……”冰惊奇地问，随后又说，“哦，我知道了，一定是你太想你那位夏什么的帅哥了吧，还说不喜欢人家。啧啧，现在是露出破绽啦……”

“不是，我要回去找一个人。”安瑶无心辩解。

“对了，我们圣诞节什么时候放假？”

“嗯……让我想想，我记得学生手册上说，今年是17号。最后一个星期有圣诞晚餐，又要买礼服了呢。”冰皱着眉说道。

圣诞晚餐，安瑶想起去年的时候。去年圣诞节，自己刚到英国几个月，当时比现在还要消瘦，根本买不到合适的礼服。她在和雅雅的一次聊天中无意提起这件又无奈又好笑的事，谁知道一周后自己就收到一个快递包裹。从中国寄来，是北京的地址。安瑶完全猜不出这个来路不明的包裹里装的究竟是什么，结果一打开，自己当场愣住。

那是一件纯白的洋装，束脖开胸的款式，露出整个背部，却在后腰的部分多了个大大的蝴蝶结。裙摆长及脚踝，柔软的布料，让安瑶联想到牛奶慕思。最重要的是，当安瑶穿上衣服站到试衣镜前时，她不敢相信，这件洋装的大小完全合身，好像曾有裁缝在她身上量好尺寸回去订做一般。配上她长长的鬈发，颇有古典神话中女神的优雅

那是一件纯白的洋装，束脖开胸的款式，露出整个背部，却在后腰的部分多了个大大的蝴蝶结。裙摆长及脚踝，柔软的布料，让安瑶联想到牛奶慕思。

风韵。圣诞晚餐时，安瑶一路听到最多的，就是来自低年级男生的口哨声。

翌日她打电话回去和雅雅说那件裙子十分漂亮，然而雅雅却不解地问，什么裙子。安瑶意识到不是雅雅送的裙子，只能作罢。当然雅雅也没在意，只顾说这段时间Silver去了北京，好像是拜访以前的乐理老师。自己甚为无聊，安瑶不在，也没人陪她。后来聊着聊着她又像想起什么似的说，自己把安瑶买不到衣服的事情当作笑话说给Silver听。Silver便开玩笑道，她应该去童装区……

Silver，为何每次，你都在我最需要你的时候及时出现？莫不是全世界，你是最懂我所有渴望的那个人？安瑶兀自想。

“喂，你不是订机票吗？发什么呆……”冰推推安瑶，把安瑶从回忆中拽了出来。

“哦，呵呵，对……17号是吗，那我定22号的航班飞上海，23号就能到。”安瑶说。

“干吗那么晚？”

“因为，我只想找个人，让他和我一起过圣诞节。”安瑶说着，瞥了一眼桌角的镜子。一年未见，不知Silver是否还认得自己。

十、槲寄生之吻【上】

那束包装精美的槲寄生，是安瑶在机场商店内买到的。

她在硕大的免税店内来回闲逛，分别买了礼物给雅雅和夏溏秋，但她并未打算见任何一个人，除却Silver。礼物可以托人代送或邮寄，同时她在考虑该如何简洁却不伤情意地对夏溏秋说出分手。是否需要婉转地请求他，不要再爱自己。这一些想得安瑶有些头痛，希望过完圣诞节，一切都会结束。

路过一家礼品店时，里面摆设的各色圣诞彩球吸引了安瑶的目光。她走进去，辗转于金银闪烁的玻璃球之中。安瑶喜欢圣诞节，特别是高大的圣诞树，望着顶端的那颗星，就有许愿的冲动。店里填满红红绿绿的装饰品，从花环到彩灯，样样俱全。然而角落的货架上，一个白色瓷盘里摆放着的东西，才是安瑶真正想找的东西。因为她无意间瞟到那些看起来平凡无奇的植物的名字，Mistletoe——槲寄生。之前在国内的时候，她从未见过真正的槲寄生。原来是这样简单的小东西，被红色绸带扎成一束，上面有白色的果实。平凡朴素，却如此的精致。

安瑶用手小心翼翼地拾起一株，自言自语地问道："就是你，拥有那个爱情神话吗？那求求你，帮我找回从前的那个他……"

不是没有读到过，安瑶小时候就知道关于槲寄生的爱情寓言。如同橄榄和月桂树，只要被冠上某种或幸福或祝愿的名声，就能源远流传。

安瑶清楚地记得，关于槲寄生的故事，是在北欧神话中发生的。

故事里，有人曾预言天父奥丁和他妻子弗丽嘉的儿子光神巴德尔一定会死。于是弗丽嘉拜托世上所有的事物皆不可伤害巴德尔，偏偏独漏了一只小槲寄生没发誓。而邪神洛基借此利用眼盲的霍德尔，骗其向巴德尔掷出用槲寄生缩成的利剑，杀死了巴德尔。

槲寄生是世上唯一可以伤害巴德尔的东西。巴德尔的母亲——爱神弗丽嘉得知后痛不欲生，于是她和众神想尽办法挽救巴德尔的生命，最后终于救活了他。弗丽嘉非常感激，因此承诺无论谁站在槲寄生下，便赐给那个人一个亲吻。于是演变成圣诞节槲寄生下亲吻的习俗，而且也将槲寄生象征的涵义：爱、和平、宽恕，永远保存下来，这三者也正是圣诞节的精神本质。传说中，在槲寄生下亲吻的情侣，会厮守到永远……并且无意经过或站在槲寄生下的女子，旁边的男子便可以走上前亲吻她。

安瑶想，厮守永久，对自己简直是痴人说梦。她从不奢望自己和Silver可以像电影中描写的那样执子之手并与其偕老。她只要现在能再次获得Silver的拥抱就好。哪怕是没有任何感情成分，能再次见到自己的所爱，又会有什么理由去后悔。

她可以放弃任何人，但始终学不会如何不爱Silver。

如今迈出心甘情愿的一步，无论如何都要孤注一掷。她已经选择自己的路，便要走到无路可循。

于是她把买来的那束槲寄生连同包装盒一起仔细地放进手提袋内，确保它不会被一路的长途飞行破坏分毫。她需要它的完美无缺，来实现她那飞蛾扑火般的爱情。

* * * *

嘟，嘟，嘟——

安瑶站在绿色的公用电话亭内，一边用手缠弄着电话线一边焦急地等待着。她没有带国内的那只手机，刚下飞机，自己身上除了钱和一小箱行李，没有任何通讯设备，连笔记本电脑都没带回来。

她瑟缩在单薄的风衣里，全然忘记自己的家乡有多么寒冷的冬季。此刻安瑶只期待接电话的是Silver本人，并且他周围没有任何人在。

“喂？”是他，终于又听到Silver的声音，安瑶激动得有些说不出话。

"喂，你好？请说话。"对方又说。

"Silver……是我。"安瑶轻轻地说，她好怕Silver已经听不出自己的声音。

"小瑶？是小瑶吗？！"Silver以为自己在做梦。

"嗯，你现在说话方便吗？"安瑶谨慎地问，似乎在担心自己给他添了麻烦。

"当然，你现在在哪里？"

"我刚下飞机，终于又可以和你呼吸在同一城市咯……"安瑶有些哽咽。

"呵呵，回来过圣诞节吗，是不是想你男朋友了？"Silver轻松地调侃，无所谓的样子。

"……"安瑶瞬间怔住，难道她12小时的辛苦飞行，就只能换来Silver如此不解人情的一句话？安瑶，你真是个傻瓜！

"怎么，我说得不对？没事，我和雅雅约好圣诞节去哈尔滨看冰灯，正好你和夏溏秋可以一起来。"Silver继续说道。

…………

安瑶沉默了片刻。

"原来你真的早就无所谓……"是什么，让心再一次破碎，安瑶疼得无法呼吸。

"对不起，原谅我的冒昧打扰，明天我会飞回上海的。你们的圣诞节，还是留给你们过吧……祝你开心。"说完，安瑶啪的一声挂断电话，顶着冷风走出了电话亭。

电话那头，Silver拿着手机发呆。他不敢相信小瑶真的回来，她已经消失一年，没和自己有任何联络，就连关于她和夏溏秋在一起的事实，她都只字不提。那她为何回来呢……Silver回想着这些天并未听雅雅和她哥哥提到安瑶回来的事情，这么说来……Silver突然气愤得想扇自己两巴掌，一定是被疯狂的嫉妒冲昏了头，他怎么不想想，小瑶可能只是因为自己而回来的呢？！

虽然这听起来有些自作多情，但他了解安瑶的个性，什么事都喜欢独自承担，并且执拗得像只小牛犊般。如果她真的是想找夏溏秋，那她根本没必要打电话给自己。现在的问题是，自己要怎么找到她，万一她明日真的飞回上海，估计就代表着她再也不会回到这里来。

安瑶走进本市一家五星级酒店内办理入住手续，她想既然自己明天就回去，根本没有回家住的必要。反正家里谁都没有，和酒店无异。还要记得寄出买回的礼物，安瑶打开提包找寻证件的时候忽然瞥见那束槲寄生。现在，它只能作为一个毫无生命的摆设，藏匿在安瑶的包包内。

“安小姐，请问可有预订？”漂亮的前台礼貌地问她。

“嗯……没有。”安瑶回答道。

“安小姐，因为最近正值圣诞前夕，房间有些紧张，我帮您查找一下是否还有空余好吗？另外，房价可能会有所变动，可以吗？”

“嗯，没关系。”安瑶笑笑，暗自祈祷会有房间。这家是市区内设施服务最好的，她不想住到别处。如果有空房，她想自己甚至可以多住几天。毕竟不远万里地飞回来一趟不容易，顺便去购物吃东西也不错，一年没有回来，还真有些想念地道的中国菜呢。

“安小姐，我们的行政间还有空余套房，可以吗？”前台的询问打断了安瑶的思路。

“可以的，谢谢。”

“那您要入住多久呢？”

“一周。”安瑶被自己的回答吓了一跳，真是自欺欺人。

“好的，请您核对一下入住信息……”

…………

安瑶躺在空荡的白色床单上，房间内洋溢着温暖的灯光，有宽屏液晶电视和无线网络，干净闪亮的浴室，镜子都是明晃晃的。落地玻璃无法开启，从上往下看去，人都成了一个个黑点。安瑶想，如果从26楼纵身跳下去，不知会血肉模糊到什么程度。

看来这一周，除了逛街，只能独守空房了。安瑶轻声叹息，一个人的圣诞节，就连一声“Merry Christmas”这样简单的祝福，都没人向她说。

* * * *

Silver焦急得像在热锅上逃窜的蚂蚁，他推掉了晚上Flame的圣诞排练，根本不顾明天就是平安夜。刺骨的冷风搜刮着他残余的体温，他已经找过安瑶的家，门上的灰尘告诉他，安瑶没有回来过。这么晚，安瑶会在哪里呢？……

他很担心，害怕许久未回来的安瑶并不知道年前时分的街道在夜晚分外危险。他想，以小瑶的性格，一定会住酒店。但问题是，D城的酒店千百家，就连五星级的，也不下5所。这要他如何是好。

看着一辆辆极速驶过的车辆，Silver发誓，只要安瑶还在这个城市一秒，自己都要尽全力把她找到。

Silver看了看手表，已经快要凌晨1点，他拨过近10家酒店的前台电话，得到的回复大都是为了保护客人的隐私与安全，谢绝对外提供入住客人的信息。他知道这样下去只能浪费时间，于是招手拦下一辆taxi，刚坐下便说：“请去机场，谢谢。”

他兀自想，现在只有这一个办法了。

车子在写有“国内出发”字样的大厅门前停下，Silver付钱说了谢谢，便快步走进已是空空荡荡的国内出发厅。现在这个时间几乎没有任何国内航班，许多办票柜台都已关闭。他来到航班问讯处。

“对不起，能否帮我查询一下明天飞上海的航班？”Silver问。

“请稍等。”柜台后的年轻女子满脸倦意，眼睛都未抬一下。

“请问是哪家航空公司？”

“这……能把明天所有飞上海航班的时间都给我吗？”

年轻女子有些不可置信地看了看面前的男人，想必他是疯掉了，抑或是在捉弄自己。

“拜托了，我需要找到一个人。”Silver认真地恳求。

女子应了一声，顺手抽出一张纸条，边用手点按鼠标边记录。大概两分钟后，她终于递给Silver那张布满时间和航班信息的纸条。

“平日飞往上海的航班很多，但由于明天特殊，航班减少，有可能出现延迟情况。上面的时间不是最后的起飞时间，极可能临时调整。”

“哦，谢谢，十分感谢。”Silver终于松了口气，接过纸条看着，上面最早的一班是在7点05分。他想如果回家再赶来一定来不及，这么晚又不一定能在附近找到合适的住所。D城是有名的旅游城市，每逢节假日总有许多异地游客。

看来只能待在这里熬过这一晚。Silver想着，干脆在远离门口的一排凳子上躺下来。他并不觉得有任何不满或不值得，如果真的能等到小瑶，他愿意做任何事。

* * * *

安瑶被一阵门铃声吵醒，她定了定神走下床，打开房门。

原来是保洁工准备打扫房间，年少的男保洁看着头发凌乱衣衫不整的安瑶顿时羞愧不已，知道自己打扰了尚在休息的她，连声道歉。

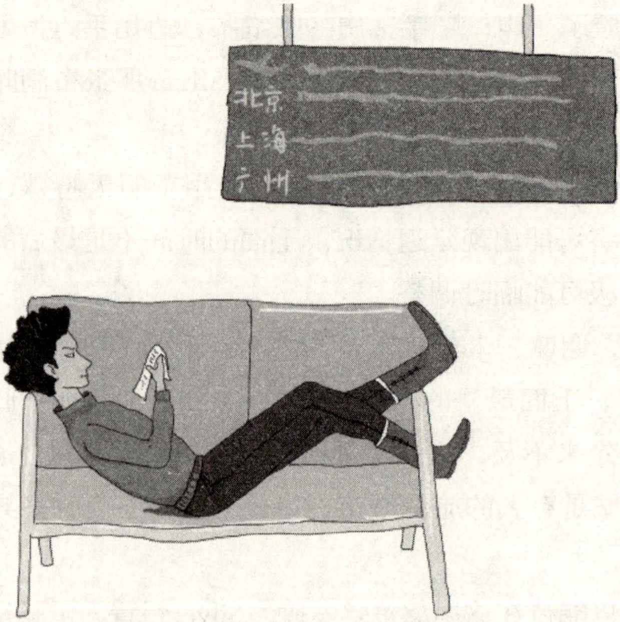

看来只能待在这里熬过这一晚。Silver想着，干脆在远离门口的一排凳子上躺下来。他并不觉得有任何不满或不值得，如果真的能等到小瑶，他愿意做任何事。

“没关系。”安瑶颇为好笑地安慰他，看出他应该是新人，完全是无意的。

关上门，安瑶打开电视。已有一年未看国内的中央台早间新闻，几乎快忘了那些再熟悉不过的声音。原来已经中午了，安瑶感慨，自己竟然睡了这么久。她换到本市的频道，刚巧是天气预报。

“今日气温……”安瑶拿起电水壶走进浴室接水，无论怎样的温度对安瑶来说都寒冷至极。她听着哗哗的水声，暗自想。

“……傍晚有中到大雪……”

安瑶关掉水龙头，急忙跑出来，看着荧屏上的雪花图案才确信自己没听错。

下雪？！

真好。安瑶开心地笑，她最喜欢家乡的雪，大片大片从天坠落，像无数飞舞着的小精灵，唱着歌祝福人间。今天是平安夜呢，Silver和雅雅一定玩得很开心。想到这里，安瑶又满怀失落，但转念想起一个可以让自己暂时忘记这些红尘琐事的地方——那所她曾祖母在世时经常带她去的小教堂。

* * * *

“飞往北京的旅客请注意……”

Silver迅速从椅子上坐直身子，看了看手表，还好现在只有6点多。他走进卫生间洗了洗脸，便站到安检入口逐一注视着走入的旅客。今天一共5架飞机起飞去上海，时间最长的间隔一个半小时。一直到晚上10点55分最后一班。他可以趁那一个半小时买点东西吃。他揉了揉脖颈，几个小时在椅子上睡得他浑身酸痛。

7点10分，第一个航班已经起飞，没有安瑶的身影。Silver宽慰地想，安瑶应该不会这么早起床。于是他继续耐心地等下去。

8点，10点，11点，13点……

那个熟悉的身影始终没有出现。

而此时的Silver已经快要变成一具人体雕像，越是看不到安瑶，他越不敢移动半步。他目不转睛盯着安检入口，唯恐一眨眼的工夫，就会错过那个瘦小倔强的小人儿。

他就这样等着，忘记了吃饭，亦忘记自己已经站了多久。双腿早就失去知觉。仿佛对安瑶的期待是某种魔力，冰封自己一切杂念，没有饥饿感和倦意。

广播里响起了最后一班飞往上海的飞机的登机口关闭提示，Silver终于走进一家超市买了瓶可乐，坐在椅子上大口地喝起来。由于一天没有进食，四处冲撞的可乐气泡顿时让他胃部剧痛。他皱紧眉头弯下腰，缓解着那极端的痛感。

过了好一会儿，Silver好了些。他看看手表，11点30分，幸好自己一直关机，不然雅雅一定对他狂轰滥炸。当然根本没有去哈尔滨这件事，Silver和雅雅在一起只是为了报复安瑶。在他逐渐感到自己的幼稚可笑后，与雅雅的情侣时光便成为一种折磨。

他根本不爱她。他只求她能快些转移目标，爱上别人。Silver知道这么做非常自私，或者说非常残酷，他当然也会内疚。于是他总告诫自己要善待雅雅，除非是她先说分手，不然自己绝不会背叛或离开她，至少躯体上不会。

至于心，他的心根本未为雅雅跳动过。

现在，他只能肯定安瑶没有离开这座城市，那她会在哪里呢……Silver猛地想到一个地方。对，他敢肯定，如果她还在，就一定会去那里……

十一、槲寄生之吻【下】

安瑶在教堂门口站了好久。眼前的街道已是白皑皑的一片，路上急速行驶过的车辆，卷起细小的冰渣，沙沙地响。安瑶用力地深呼吸，她喜欢下雪的味道，甜净而馨香，好像香草冰淇淋那样。

路上已经没有什么人，安瑶慢慢地沿着街头走。大片雪花附着到她的发丝上，旋即融成一滴滴水珠。雪越下越大，听着脚下那特有的嘎吱声，安瑶不知自己该往哪走。还好今天穿了这双棉靴，还是糖果般的粉红色，安瑶想去那个她曾喜爱的广场稍坐一下。离这边不远，只需走过一条长街。

广场上的松树，一定挂满五彩缤纷的霓虹灯，似乎是人们零零琐琐的新年愿望。长夜过去，随着日光的来临却遁形在残酷现实中。

曾经在那里，她为一个人动心过。

并一直持续到现在。

Silver在空无一人的广场上一圈圈地走，如此大的雪，没有人愿意在外面多待一秒，就连巡逻的警车也停在路边，一米都不愿意开下去。他在猜想自己是否会被当作刚被女朋友甩掉的失意男子或是醉汉。他冻得双手几乎不听使唤，但没有打道回府的念头。

他想起自己第一次接近安瑶的时候，她脸上有那么多坚强独立的伪装。可仿若初冬的薄冰，一敲即碎，于是那孤单的悲伤因子沿着血液，源源不断地涌出来。看得自己心疼，他想让她快乐，真实地笑着。

我的小公主，你现在到底在哪里？

你到底逃窜到哪个国度，又躲在谁的怀抱里呢？……

Silver走到一棵树的后面，不停思索，然而当他再次走到广场中央的时候，他以为自己已经冷到眼花缭乱。

就在不远处的街上，一个小小的人影正低着头，慢慢朝这边踱来。她漫不经心地走，一边还故意踢着地上的雪，长发散落在白色外套上，配着她毛茸茸的靴子，乍一看就是一只跑丢在黑夜的兔子。女孩没有朝这边看，专心地想着自己的事情，好像世界与她无关。

对，她一直活在自己的世界。

Silver揉揉眼睛，又摸摸额头看自己是否发烧。他感觉内心狂风呼啸，激起骇浪，波涛汹涌。他的天使，这一刻真的在朝自己走过来。他原地不动地等待，拼命克制着自己想要冲上去抱起她的冲动。

我们现在，远距离的恋爱……

我是否该放松我的期待

除非是我

熟悉你身体的脉搏

需要最深邃的安慰

让我贴近你最柔软的心扉……

安瑶一路走，一边跟着耳机里的音乐轻哼。她多么享受此刻的静谧街道，唯独在这个不大不小的城市里才能存在。伴着陈绮贞干净的嗓音，她觉得似乎幸福离自己越来越近。

马路上更加湿滑，安瑶小心地走过马路来到广场的边缘。

抬起头，她仔细地打量着眼前漂亮的彩灯。

那一秒似乎周围所有的灯光全部熄灭，唯独留下一束直射广场中央，炫目得刺眼。

她看到那个她日思夜想的他，正微笑着看向自己，迎着凛冽寒风伫立在广场中央。

满足地笑着，期待着，像童话里的雪人般，把世界上所有的美好全部赠送给她。

安瑶顿时哭了。这一次，眼泪不再疼痛地抑制住所有声音。相反的，它欢腾地唱着歌谣，滔滔不绝地从安瑶的眼眶里倾泻而出。

她是在做梦吗？

“小傻瓜，你在发什么呆，不快来给我抱一下吗？”

一个再熟悉不过的声音穿过来，让安瑶相信自己不是在虚幻当中。

安瑶纹丝不动，她不知所措。

“你真的不过来？好，那我过去……”

Silver快步朝安瑶走去，他已经迫不及待，猛力地把安瑶拥进怀里，力气之大，连自己也吓了一跳。当他意识到怀里的小人儿快要被自己勒到无法呼吸时，赶忙松开手。

安瑶感觉到那阵从他身上传来隐约的香气，是雅雅最爱的香水，但她什么都没说。

“小瑶，你怎么那么久才回来……”Silver低下头想要亲吻他可爱的小公主。

“等等，等一下……”安瑶迅速说，让Silver蓦然僵住不知所措。

“哈，你才是笨蛋，看你的表情。”安瑶笑了出来，从包里拿出那束槲寄生。

“据说啊，圣诞节在槲寄生下接吻的恋人，可以厮守终生哦……”说着安瑶踮起脚尖，把那束小小的槲寄生放在Silver头顶。

这一系列的动作差点把Silver笑到岔气，他不敢相信安瑶竟然像个小孩子般真的把一束绿色植物放到自己头上，并且还小心按住。她的认真让他感动不已，此时此刻，他再也不会怀疑她的爱。

于是他再次抱紧她，在纷飞大雪中轻轻吻上她冰凉柔软的唇。

终于他们成了被槲寄生祝福的两个人。在圣诞节悄然而至的时刻，槲寄生的传说熠熠生辉。

* * * *

“小瑶，愿不愿意和我回家？”Silver牵着安瑶的手问道。

“回家？你是说……”安瑶不解。

“回我的家。我想带你回去看看我妈妈。”Silver语气郑重。

“嗯，当然好。”安瑶停顿一下又说，“那我们应该买些营养品顺便带给她。”

Silver的家，需要坐大概两小时的长途客车。一路上汽车强烈颠簸，安瑶在出发前吃下几片晕车药。她没有告诉Silver，自己根本不能坐长途汽车。她笑着听Silver讲自己小时候的故事，夏天爬到树上抓蝉，冬天就躲在巷子拐角处与小伙伴们进行雪球大战。Silver还说，他从小就没有见过自己的父亲，母亲却毫无怨言。她告诉Silver，你的爸爸之所以离开我，确实是有他的难处，你不可以怨恨他，我也没有和他说过你的存在。那个神秘父亲，每月都汇来丰厚的生活费，貌似真的想让母亲过得好些。这几年母亲不知怎的患上青光眼，视力差得厉害，还伴有头痛。

“小瑶，就是因为这个病，我妈的脾气有些古怪，赶走了好几个保姆。你去的时候，别太介意。”Silver担心地说。

“呵呵，没事，放心好了。”安瑶笑笑，极力压制着胃中的翻江倒海。她不想让Silver担心。

终于下了车，安瑶的脸色已然苍白，她迅速跑进车站的洗手间。

隔了好久，Silver看着安瑶从里面走出来，甚是担心。

“还好吧？你晕车吗？怎么不早说……”

“笨，我说了你还会带我来吗。快走吧，我都等不及了。”说着安瑶挽住Silver开心地说。

此刻她只想快些在这有限的时间里，尽可能多地做完自己所有愿望中的事。回去之后，她知道自己又要把Silver还给雅雅。

Silver的家在一个漂亮安静的小区内，绿化和治安都很好。安瑶想，这一切，想必都是Silver那个神秘爸爸的安排。上到3楼，Silver拿出一串钥匙，打开中间的暗红大门。

门刚开，就传来一个妇人的询问声。

“岚姐——岚姐——是你吗？”

安瑶微笑着看Silver,用目光问他是不是妈妈的声音，他点点头。

“妈……是我，我回来了。”Silver脱下鞋子，弯腰在矮柜内帮安瑶找拖鞋。

“尹夏？！真的是你？你回家了？……”一阵急促的脚步声，Silver的母亲从屋内走出来，焦急地要看自己儿子。

“妈，你这是干吗，眼睛不好别走那么快嘛。”Silver说道。

“哎，怎么你妈眼神不灵光，就嫌我老得不能走啦？！告诉你，我还看得见。”Silver的母亲底气十足地辩驳。

呵呵，安瑶忍不住为她可爱的孩童心理笑起来，真不是普通的妈妈呢。

“这位是谁？”Silver的母亲看不细致对方的脸，只是从模糊的轮廓和声音分辨出对方是个年轻的女孩子。

“哈哈，妈，这是安瑶，是我的未婚妻。”Silver突然拉住安瑶的手，脱口而出。他当然明白小瑶不会想到自己会如此介绍。

“阿姨好。”安瑶礼貌地笑笑，随后瞪了Silver一眼。

“哦哦，这样子啊，快进来吧。站着做什么，吃饭了吗？”

“路上吃过了，妈，最近你身体怎么样，眼睛还好吗？”

“还不是老样子，没关系啦。看不见更好，多一事不如少一事。”

三个人走进客厅，安瑶轻轻扯了扯Silver的衣摆。

“你先陪你妈妈说会儿话，我去你房间等你就好。”安瑶看得出Silver的母亲有多么惦记自己的儿子，真是幸福呢，安瑶想。应该多给他们留些空间。

“你可以吗？”

“当然，我困了，想先睡一会儿。再说你妈妈和你说话，我也不好插嘴。”安瑶懂事地说。

“好吧，我先带你去我房间。”

Silver房间甚是整齐，桌面还放着他原先的毕业册和集体照片。安瑶在房间看着他书架上摆满关于音乐史、考级曲目和作曲家传记的书籍。还有很多大大小小的奖杯，大都和音乐有关。墙上有他小时候的照片，在公园里，光着头挺神气活现。还有大概十四五岁的时候，站在键盘旁低头唱歌，头顶还有红色条幅，写着“××学校艺术晚会”。

安瑶又看到他的名字，想起来他母亲刚才叫的。她记得车上Silver说过自己从小就随母姓。尹夏，真是好听。他一直告诉别人自己叫Silver，没想到他的名字里也有夏字。安瑶想，自己莫不是和“夏”有深不可测的缘分。

还好Silver的房间有独立浴室，安瑶拿出随身衣物便走了进去。她实在是有些累，简单地冲洗一下就困意袭来。穿上干净的棉布睡衣，她头发来不及完全擦干就把自己裹在Silver的被子里，甚至还有他年少轻狂时的阳光味，昏昏睡去。

不知过了多久，Silver同母亲说完话走回自己房间，发现安瑶已经蜷在床的一侧沉静熟睡。看着她粉红的侧脸和湿漉漉的头发，Silver很想笑。眼前的她像只小小猪，浅浅地起伏着呼吸，完全不顾周围的一切。他就这样盯着她看了一会儿，抑制着自己想吻上去的欲望。他怕弄醒她，蹑手蹑脚地走进浴室。

待到他擦着头发走出来时，看到安瑶已经醒来，抱着双腿坐在床头看着他笑。

“你醒了？”

“嗯。”安瑶点点头。

“把你吵醒了？”

安瑶又摇摇头。

“笨蛋……”Silver笑着把湿漉漉的毛巾往安瑶头发上盖去。

“啊……讨厌！把这毛巾拿开！”安瑶压低着声音抗议道，唯恐吵醒已经入睡的人。

“呵呵，笨蛋，偏不。”Silver看着安瑶赌气地撅着小嘴，心里顿时有一种温暖如春的感觉。

“对了，我妈妈问到你。”

“问什么？”

“问你多大，在哪里念书之类的。当然大部分都是我主动告诉她。”

“呵呵，希望你没有说我坏话。”

“怎么会，你是我的未婚妻啊……”

“可我还没有到20岁。”安瑶认真地说。

“傻瓜，你不会真的当真了吧？！……”Silver邪气地笑，故意逗她。

“我？我才没有，我也是说笑的。”安瑶极力辩解。

“那好吧，看来母亲给我的戒指，有人是不想要啦。”

“什么戒指？”

“我妈给我的，我告诉她自己真的十分爱你，于是她把戒指给我，说是送你当作订婚戒。如果你愿意嫁给我，我会一直等你。等到你想结婚的那天。”说着Silver从口袋里拿出一个紫红色的绒布首饰盒。

“对了，你妈妈的身体好些了吗？”安瑶比较关心的是这个。

“还是那样，我在劝说她快些做手术。据说这是治疗青光眼唯一的办法。”

“嗯，我也觉得。”

“她眼睛看不清，脾气也不好。她还和我抱怨新来的岚姐做饭不合口，太油腻。我妈妈年轻的时候只吃素，并且非常清淡，很懂得保养。哈，于是我小时候最常吃的菜，就是西芹炒土豆丝，还有西红柿蛋花汤。”Silver开心地回忆。

“好幸福哦，我最喜欢一家人围在一起吃饭的感觉，虽然没有体会太多。”安瑶顿了顿，“呵呵，不过反正已经习惯了。难怪我看你妈妈皮肤那么好，原来这就是秘诀，我也要来借鉴一下。”安瑶开玩笑。

“笨蛋，你都瘦成这样还清淡。不行，你不许挑食，什么都要吃。你已经很漂亮，再保养我会担心你满脸桃花泛滥的。”

“哈，真的吗，好高兴哦……”安瑶像得到小红花的小学生，得意扬扬。

“对了，妈妈还问我能在家里住多久，我说你很快又要飞回英国，估计不会太久。你说呢？”

“Silver，我们多住几天吧。我回程机票可以延迟。我想多待些日子，陪陪你妈妈。”

*　*　*　*

安瑶起床的时候，Silver还在熟睡当中。她看一眼时钟，还不到6点30分。于是她小心地从床尾爬下去，走进厨房。

这么早，保姆还未来，Silver的母亲也没有起床。安瑶轻轻地拿起锅子，注上水，又放了两把干净的大米进去，准备做粥。因为从小独自生活，安瑶几乎会做所有的家事，煮粥更是不在话下。夏雅雅曾吃过自己的水果粥，赞不绝口。

雅雅，想到雅雅，安瑶突然内疚。只能告诫自己，这短暂的幸福，需要一直藏匿在黑暗中。

冰箱里有苹果，牛奶，架子上还有蜂蜜和红糖等各种食品。果然是懂得保养的母亲，安瑶想。随即拿出苹果洗干净，并削好皮切成大小均匀的方块。

炉子上的白粥已经咕咚咕咚地冒着热气，安瑶快速放入切好的苹果，加上牛奶，用汤匙慢慢地搅。

“你起来得这么早，睡得怎么样？”一个女声在背后响起，吓得安瑶差点把汤匙滑落锅内。她赶紧回头，看到是Silver的妈妈。

“啊，我睡得很好。”安瑶笑着说，“我习惯早起，反正闲来无事，就想做些粥大家一起吃。”

“你会做饭？”Silver的母亲有些不可置信。这个小女孩听声音不过18岁，竟然一副娴熟的样子在煮粥。重点是那香甜的味道十分诱人，她原本以为是岚姐提早来了呢。

炉子上的白粥已经咕咚咕咚地冒着热气，安瑶快速放入切好的苹果，加上牛奶，用汤匙慢慢地搅。

“嗯，在国外生活，自然要会这些。”安瑶点点头，用汤匙轻轻地舀起粥尝了尝，眨眨眼似乎在考虑什么，随即又倒入些牛奶。

“阿姨，粥好了，我去叫尹夏起床。”安瑶关小炉火，转身要回房间。

“小瑶……”Silver的母亲叫住她，“虽然我只能看清你的大致轮廓，但听声音我就知道你一定很漂亮，并且是个好孩子，我想我们家尹夏能遇见你，真是他的幸运。说实话，我也开始喜欢你了，不由自主地，真是讨人喜欢的孩子啊……”

“呵呵，谢谢阿姨。”安瑶灿烂一笑。

她擦干手上的水珠，走进Silver的房间。心里默默企盼，若能一辈子同Silver还有他的妈妈生活在一起，该是多么温馨啊。

十二、梦中婚礼

“小瑶，你知道吗，4年来我一直以为自己会和你结婚。”Silver倚靠在床头，轻轻地抚过安瑶白绸般光滑的皮肤。他不得不承认，如今的小瑶比雅雅死去前还要美丽。只是，自己再也无法成为那个可以温暖她冰凉皮肤的人。

她20岁，他24岁。她有了自己的男朋友，而他也已经要结婚。

安瑶没说话，只是像猫一样乖巧地躺在他怀里，静静地呼吸。这一秒，说什么都不具备任何意义。

良久，她才缓缓地轻叹。

“为什么你现在就在我身边，我却总感觉你离我那么远……”

“我很好奇，她是什么样？”安瑶抬头望着Silver笑，温柔似水。

“没什么样子，普通的女孩子，平平凡凡的。”Silver知道她问的是他的未婚妻。

“骗人！”安瑶嘟起嘴，好像自己只是某种出卖身体的女子，与客人肆意谈论着他的妻子。Silver看在眼里，心疼得无话可说。很长一段时间里他都十分后悔，他不懂为何命运让自己先认识雅雅，而不是安瑶。或者，他宁可只认识她们其中的一个。她们是至交姐妹，心有灵犀，因此雅雅死后，安瑶一直不肯原谅他。此刻她能这般平和地与自己对话，怕是早把这段感情丢在过去。Silver满怀苦涩，但知道自己没有权利去争取，他已是局外人。

他能做的，就是邀请她去参加婚礼。

“小瑶，你知道吗，我也带她回过家住了很久。”

“嗯。”安瑶的微笑僵硬地保持着。

“可你知道我妈妈暗地里和我说什么吗？”

安瑶摇摇头。

“她总说，不知为何，这女孩做的粥味道和以前吃的不一样，是换了什么材料了吗……”说完，Silver看着安瑶，拧了拧她的小鼻子。

“等一下，为什么你妈妈她……”安瑶发现其中有疑。

“呵呵，因为她也叫xiǎo瑶。不过她名字里的那个晓是拂晓的晓，她叫王晓瑶。”Silver回答。

“但是，光凭名字……”

“好啦，你是十万个为什么吗？”Silver拉过安瑶，用深深浅浅的吻堵住她继续发问的嘴。

这天夜里，安瑶做了个非常诡异的梦。

她梦到自己穿着雪白的婚纱一个人走在前往教堂的路上。天空中飘着淅淅沥沥的雨点，慢慢地，那些溶进婚纱的雨点全部转变为血红色。一滴一滴，血红色的花朵开遍安瑶的婚纱。无论如何她都脱不下，好像那衣服生在皮肤上一般。她死命地叫着，哭喊着，却没有一个人愿意赶来帮她剥离那件已是鲜血淋漓的裙子。

“小瑶，小瑶……”Silver不停地摇晃她。

安瑶微微睁开眼睛，看到Silver急切的脸。

“我做噩梦了？”

“嗯，你在哭，而且喊出了声音。”Silver说，“梦到什么了？”

“没事，一些无聊的东西。”安瑶敷衍道，不想让Silver担心。

Silver刚想再说些什么，却被安瑶的手机铃声打断。

安瑶拿过来看，是周乐。突然想起自己已经好几天没有打电话给他。

“喂？”安瑶接起来，Silver想凑过来听，立即被安瑶推开。他有些生气，可立即觉得这么做着实有些自私，于是识相地拿起衣服走进浴室。

“安瑶？”

“呵呵，早安。”

周乐听到她的声音，一颗悬着的心总算放下来。这么多天安瑶一直杳无音讯，他真的担心自己已经失去她。

“早，你还好吗？我想你。”

“嗯，还不错，我也很想你。”安瑶坐在床边看窗外，透着玻璃她看到自己堕落的灵魂。与好朋友同争一个男人，又和她的哥哥短暂交往。与即将结婚的男人旧情重燃，然后又在早晨，同另一个称自己为女朋友的男子诉说自己的想念。

这算什么？放荡形骸挥霍青春吗？

“安瑶，我的报告进展很顺利。”周乐用一贯平和的口气说。

“嗯，这很好啊。”安瑶应着，不想多说一句话。

“并且……”

安瑶听着，等待他说下去，却在无意中瞟见一张掉落在地上的纸。

“并且什么？”她走过去拾起它，心想一定是刚才从Silver裤子口袋里掉落的。

“我已经和学校请假一周，回国陪你参加婚礼。”周乐说着，却不知道电话那头的安瑶早就无心听到他的任何决定。她的思维已经被那张薄薄的A4纸完全操控。

我的上帝！安瑶惊呼。

她觉得山崩地裂。

那是张化验单，确切地说，是张亲子鉴定的报告。结果是DNA吻合。

有Silver的名字，还有他父亲的名字——夏楚生。

顿时，安瑶感到全身血液涌向大脑，她无法呼吸，手中的纸连同手机一起掉到地上，发出剧烈一响，手机后盖甩出很远，电池也砸落出来。那越发强烈的晕眩，让她终于支持不住，颓然倒地。

黑暗覆盖的那一刻，她脑中依旧残留着某样事实。

夏楚生。

他也是夏雅雅的亲生父亲。

*　*　*　*

两年前，安瑶接到电话的时候正是周五的学生教育讲座时间，她清晰地记得，那时她刚在国内同Silver过完圣诞节。回来继续高中学业，并且准备最后的升学考试。

是1月13号来的。

电话铃响的时候全部学生包括讲台上的老师都向安瑶这边看来，安瑶红着脸看着来电显示，竟然是夏雅雅母亲的电话。她想都没想拿着铃声大作的手机就跑出去，虽然这是不被允许的，可她深知雅雅的母亲顾全大局。除非事态严重，不然也不会找到她。

经过后排时指导老师刚想拦下安瑶问个明白。“是紧急电话，我必须接！”安瑶郑重其事地回答，即刻跑出门外。

“喂？阿姨好。”安瑶接起电话。

“安瑶？是你吗？”夏雅雅母亲十分不安。

“是的，阿姨发生什么事情了吗？”

“是……是雅雅……”

“雅雅怎么了？”安瑶突然感觉不妙。竟然轮到雅雅母亲亲自致电，一定是……

“雅雅怀孕了，孩子已经3个月大……很快就不能做人工流产……”

“什么？！”安瑶定在原地。

“她是最近开始每天早上便觉得恶心，我感觉不对劲就拉她去医院。结果医生说她是怀孕，已经3个多月。需要立刻决定是否要留下孩子。”夏雅雅的妈妈有些语无伦次，“我知道雅雅平时爱玩，但没想到她会……安瑶，她死都不肯告诉我孩子是谁的……”

谁的？！安瑶心里自然清楚。但她不能说。

“阿姨，我现在还在学校，有什么能帮忙的吗？”

“安瑶啊，我知道你和雅雅是从小一起长大的，你们关系好。能不能……帮我劝劝她，把孩子流掉。你知道的，她还这么小，根本承受不住生孩子的痛苦……当然，如果你能问出孩子是谁的就更好了。”雅雅母亲的声音突然颤抖。

“我不敢告诉她爸爸，溏秋我也不能说，你知道他们父子的性格！一定会杀了那个男人。安瑶，无论如何，请你一定要劝她流掉孩子！拜托了！”

“嗯，好的。阿姨请你放心，我想雅雅知道该怎么做。如果得到什么信息，我会及时转告的。”

挂断电话，安瑶大脑一片空白。

她当然知道孩子的父亲是Silver，雅雅虽然爱玩，但爱Silver是不容置疑的事实。她毫不怨恨Silver，相反，这一刻她只是深深地心疼雅雅。她想起16岁的她飞舞着美丽的栗色长发，在露台上仰着脸和自己谈论Silver的紫色头发。那时的她们，正是花样年华。

她不知道自己是抱着怎样的心情听完讲座的。一路浑浑噩噩地走回房间，连午饭都顾不及吃。

事实上，她感到雅雅主意已定，自己根本无法劝说她。她害怕雅雅会因为自己和夏溏秋分手而无法原谅自己，毕竟自己彼时有些不留情面地说出那些话，并且她听说，夏溏秋因为这件事曾一蹶不振，每天除了喝得烂醉就是混在一堆风尘女子之间。

但现在的情况下，无论雅雅能否听得进去自己的所言所劝，她都要竭尽全力。她不能看着如同钻石般光华四射的雅雅自毁青春。

电话终于接通，安瑶松了口气，起码雅雅还会接听电话。

“喂？”

“雅雅，我是小瑶……”

“呵呵，我正在等你的电话。”雅雅还是那副甜美慵懒的嗓音。

“为什么这么说？”

“我妈妈也给你打了电话吧？我猜到了，她应该是无人可求了呢……”

“雅雅，我不想多说，可是你现在只有18岁，根本无法抚养这个孩子。Silver也是22岁不到吧？他连结婚都不行，法律上根本不允许。”安瑶试图让雅雅理智一些。

“唔，还是你懂我啊，你怎么知道我想生下孩子。”

“……”就一句话，雅雅说得安瑶哑口无言。

“雅雅，不要这么冲动好吗，我不知道这次是不是意外，但你可以等大一些再生也不迟啊。”

“小瑶，你还想隐瞒到什么时候？你觉得我还会有机会得到Silver的孩子吗？”

安瑶听着，紧紧抓住话筒，没说话。

“小瑶，孩子是我好不容易得到的。我一定要生下来，我要你和Silver永远无法在一起。”雅雅缓慢地接着说。

“我知道他爱你。如果生下孩子，以他的性格，你觉得他还会选择你吗？”

…………

凌晨两点，安瑶听着窗外的猫叫，心烦意乱。据说那是校长女儿的猫，叫苹果。还没到春天，安瑶想，到底是叫什么呢……

翻来覆去了好几次，安瑶实在无法和睡神联络感情。于是她干脆爬起来，抓过手机。

现在，她想自己需要听到一个声音的安慰。

“小瑶，这么晚还不睡？”Silver看到安瑶的来电吓了一跳，现在是凌晨，为什么她还不睡。

“我睡不着，今天雅雅的妈妈打来电话，我和雅雅也通过话。”

“……”Silver担心的事情终于发生。所有人中，他最不想惊动的人就是安瑶。她明明与此事无关，只需专心学业，而不是浪费时间在这些乱七八糟的事情上。他自己的事，他自会好好处理。

“Silver，你打算怎么办？”

“小瑶，我……”

“我只想你善待雅雅。过去的事，都忘记吧……”安瑶顿了顿又说，“毕竟都过去了……”

“小瑶你说什么傻话！”Silver看透安瑶的口是心非，他们明明已经触摸到彼此的滚烫的心，可是命运怎么下如此狠手，连肉带血地拆散他们。

“Silver，现在说什么都没用。雅雅坚持生下你的孩子，并且……”安瑶犹豫着是否该把话说出口。

“她其实早就知道我们的关系。事到如今，你只能好好对她。不然我不会原谅你。”

安瑶口气严肃，她只想让Silver过得容易些。他不是随便的男子，这般犹豫不决，也只是因为他怕伤害她。如果自己首先坚强一些，勇敢地放手，Silver也会好过一些。安瑶暗想。

“好吧小瑶，我答应你。我会好好照顾雅雅。但是你一定要记住，不管发生什么事我都爱你。在我的生命里，注定只能爱你一个。”

* * * *

安瑶努力睁开双眼，头痛难忍。她看看周围的环境，知道自己是躺在病床上。一边的Silver正在打瞌睡，估计是太过疲倦。她想翻身，却弄醒了趴在床边的Silver。

“小瑶，你感觉怎么样？”Silver不放心地问。

“还好，只是有些头晕，会不会撞到头？”安瑶开玩笑。

“你还有力气逗我？！我看到你晕倒在地，吓得赶快拨120。幸好医生说你只是惊吓过度，加上血压太低，一时间供血不足才晕倒。”Silver瞅了安瑶一眼，有些生气。

“这不是没问题嘛……我看到那张化验单咯。”安瑶轻轻地说。

“对了，这几天你有没有联络你的未婚妻，你这样突然消失，她会不会担心？”

“刚刚给她打过电话，你放心。我不会扔下她不管。”Silver理所当然的表情，深深地刺痛了安瑶。她以为自己可以释然，却可笑地失败了一次又一次。

“小瑶，我也是刚刚才拿到的化验单。一直在考虑该不该告诉你，没想到你却自己发现了。很后悔，没能早点知道……雅雅她……”

“不要！不要说了，我不想听！”安瑶几近崩溃，颤抖着说，“为什么要这么迟才发现，如果早一些的话雅雅就不会死，她是你的妹妹，你们根本就不该有那个孩子！”

Silver抱住安瑶瘦小的肩膀，企图使她平静下来。

“如果她知道，她就不会死……雅雅，雅雅她就不会死你知道吗？！”安瑶已是泣不成声。她把头深深地埋进双腿之间，天意弄人，把他们玩弄于股掌之间。

“如果她知道，她就不会死……雅雅，雅雅她就不会死你知道吗？！”安瑶已是泣不成声。她把头深深地埋进双腿之间，天意弄人，把他们玩弄于股掌之间。

“小瑶，别哭了。叔叔……爸爸他也非常自责。他一直不知道我是他的亲生儿子，妈妈一直在保密。直到雅雅去世后他在葬礼上见到我，觉得我非常像年轻时的妈妈才上前与我搭话。我们的亲子鉴定，也是上个月末做的。他已经来我们家看望我妈妈，也是他出钱给她做了眼睛手术。他说，如果不是他的父母执意反对，他一定不会与别人成婚……”

“哼，你已经叫他爸爸。”安瑶的语气中透露出鄙视和不屑。的确，如果不是这个男人处处留情，怎么会让事态落到如此地步。

“小瑶，过去的事没法挽回了，我想你不是这么不解人意的女孩。你该体谅别人……”Silver的口气有些冷漠。

“怎么，难道你现在才看出我的不懂事吗？！对，我就是无理取闹，我就是不会为别人着想！反正你已经有了温柔可人的未婚妻，你没必要在这里安慰我！”安瑶激动地说。

“小瑶，我不是这个意思……我……”Silver极力解释，安瑶的泪水使他肝肠寸断，可又找不到合适的词语来回答。恍然间他才意识到，经过一系列的波波折折，他们根本无法回到从前。

“你滚，滚出我的视线！我不要看到你……我爱雅雅，她是我唯一的亲人……我没办法原谅你。”安瑶哭着，满眼泪水地看Silver无奈地叹了口气走出病房。

他再也不会像从前那样百般疼惜地宠溺自己，要风得风，唤雨得雨。他再也不会把她揽入怀里，小心翼翼地替她擦去眼泪。

如今的他，只是用无可奈何的眼神望着她，极力掩饰自己的不耐烦，一句话都不说。

的确，他已经是将要结婚的人。有更加美丽温柔的女子需要他的疼爱，他何苦费尽心思来哄自己。安瑶想，自己真是实实在在的傻瓜。她知道自己在无理取闹，她只是想再骗自己一次，眼前的Silver还是几年前她最初见到的他。

然而现实不允许，命运和她开了如此丑恶的玩笑。雅雅是她最爱的人，Silver是她天空的支撑点。现在两人都不在或不再。

是的，安瑶知道，他已不再爱她。

十三、殇

得知雅雅怀孕后安瑶每晚辗转反侧，她无法安心读书。好多次满头汗水地从床上惊醒，梦中雅雅一身白裙，手中淌出鲜血，伴着四周婴儿的哭声源源不断。安瑶不停地安慰自己一定是精神太紧张，她总捂着胸口对自己说，没事，雅雅一定会安全地生下宝宝。为了Silver，为了她自己。

很快她在3月末复活节的时候再次回国，她想看望雅雅。不知她是否还有妊娠反应，不过算一下时间，已经5个月之多，估计状况会好些。安瑶一直想自己该如何面对大腹便便的雅雅，她甚至还不到18岁……

她想象着即将出生的婴儿，有几乎透明的皮肤，胖嘟嘟的手和脚，还有与雅雅相似的脸。他一定是漂亮的，像个天使般。自己会很爱他，等他大一些就可以喊自己姐姐或者是阿姨，安瑶想到这儿，有些哭笑不得，但还是内心甜蜜。

一个小生命的即将出世，把所有的私人恩怨击碎。像一只无形的手，把脏乱一团的纸重新刷成白色。

安瑶走出机场，看到早已等在外面的夏溏秋。他似乎早已走出失恋的阴影，好像自己从未与眼前的女孩恋爱过。

“溏秋哥——”安瑶笑着上前拥抱他。夏溏秋接过她手里的行李。

“怎么又瘦了。”他皱着眉说。

“哪里有，快带我去看雅雅。”安瑶有些迫不及待。

“喏，这是送你的。”说着安瑶从包里拿出一个纸盒，夏溏秋打开来看，是一块D&G的时装表。

“哈，据说送手表给异性，是代表……”

“好啦我知道你喜欢。”安瑶不满地打断他，示意他快些开车去看雅雅。

一路上他们兴高采烈地讨论着新来的小生命，它逐渐长大，甚至有些让雅雅吃不消。夏溏秋还说，Silver几乎每天都会出现在夏家，雅雅走到哪里也是形影不离地跟随。真是关怀备至，他感叹道。安瑶点点头只是笑笑，没有接话。

到了夏家，车子还未停稳安瑶便跳下车直奔客厅。

“雅雅……我回来了！”安瑶兴奋地喊道，却看见Silver一个人坐在沙发上。

她走过去，故作大方地坐到他对面。

“雅雅呢？”

“哦，她刚睡去了。可能是因为孩子的缘故，她最近嗜睡得厉害。”

“小瑶，你能再次回来，真好……”Silver温婉地笑。

“雅雅还有妊娠反应吗？”安瑶打断他，故意转移话题。

“没有了，几个月前就没有了。她现在吃很多，呵呵，每天都吵着要吃紫菜泡饭之类的东西。饭量惊人。”

“呵呵，搞不好我们的小尹夏会是个身强力壮的小超人……”安瑶突然意识到自己说错了话，立刻打住。

幸好停好车的夏溏秋在这时走来，让安瑶着实松了一口气。

“雅雅不在？”他问。

“嗯，睡觉去了。”安瑶和Silver异口同声，语毕他们互相看着，知道对方和自己一直在想相同的事情。

“谁？谁说我去睡了啊？！”清甜快乐的嗓音从楼上传来，他们抬头，看到微笑着的夏雅雅。

安瑶终于体会到先前长辈们提起过的，怀有身孕的女人非常美丽。她看着走下楼梯的夏雅雅，周身环绕着光晕，俨然一个幸福的小女人。雅雅没有任何憔悴邋遢，她绯红的脸依旧光鲜亮丽，穿着白色的孕妇裙，云朵般飘了过来。风韵迷人。

由于孩子的缘故，雅雅更是被家人众星捧月。当然Silver也包括其中。安瑶记得自己生日时对Silver说过的愿望，她想让雅雅快乐。Silver始终遵循这个约定。他们都爱雅雅，只是Silver不自知，安瑶想。

“你不是睡觉了吗，怎么又起来了？”Silver问。

安瑶

终于体会到先前长辈们提起过的，怀有身孕的女人非常美丽。她看着走下楼梯的夏雅雅，周身环绕着光晕，俨然一个幸福的小女人。

“我听到声音，小瑶回来了我才不要睡觉呢。”雅雅娇嗔地说，顺势拉起Silver的手臂放在自己肚子上。

“摸摸看，小宝宝是不是又在想爸爸了。”

“好啦，别人都看着，也不害臊。”Silver匆忙地抽回手。

“小瑶那么远回来，你应该先抱抱她吧……”

“哎呀，人家这不是起来了嘛。”雅雅嘟起嘴，走到安瑶身旁，又立刻绽出笑脸。

“小瑶我好想你。你看看我的肚子，是不是很丑啊？”

“傻瓜，说什么呢！我也很想你，看你气色还不错我就放心了。”说完安瑶轻轻抱住雅雅，生怕压到她膨胀的肚子。

“晚上留下来吧，Silver等一下还要去Flame演出，你陪陪我好吗？我们好久都没说话。”雅雅期待地问。

“雅雅，小瑶刚下飞机，你让她好好休息一下再来也不迟啊。”夏溏秋在一旁说。

“没事没事，反正有时差，我也睡不着。今晚我就留下来吧。”

“耶，好棒哦！”雅雅高兴地拍手，差点跳起来。

“呵呵，都要当妈妈了怎么还像个小女孩？！”Silver笑着感叹。

安瑶却有些心酸，她当然还只是个小女孩。她应该根本不知道如何照顾一个婴儿，她可能根本不懂怎么给宝宝换尿不湿。

我亲爱的雅雅，未来生活充满变数，令人捉摸不定，你真的准备好了吗？

*　*　*　*

夜晚，安瑶在雅雅家的客房里喝咖啡。时差搅得她睡不着，于是她拿出行李箱内的经济课本慢慢翻看。

咚咚——

有人小声地敲门。

“进来，门没锁……”安瑶说。

木质的房门轻轻打开，雅雅兔子般地探进身子，淘气地笑。

“就知道你还没睡！”

“哎，睡不着。你呢？睡那么晚不会对胎儿有影响？”安瑶问。

“管他呢……”雅雅说着一屁股坐到床上，“不能这个不能那个，其实哪有那么多讲究，生出来的还不都是个嗷嗷待哺的小孩子。”

“呵呵，你现在说得轻松。胎教很重要哦，你要给他听莫扎特的音乐，据说有使脑部分子更加活跃的奇特功效呢！”安瑶边喝咖啡边说道。

雅雅轻轻地仰躺下去，睁着眼看天花板。

“小瑶，你出国快两年了，那边好玩吗？”

“嗯，还不错。我喜欢一个人的生活。”

“我哥哥也这么说哦，他和我说，从未见过像你这样独立的女孩子。好像……”

“像什么？”

“像狐狸，狐狸就喜欢独居。哈——”雅雅笑。

“算了，我才没狐狸那么漂亮呢，人家狐狸可是聪明得很，又有魅力。不然狐媚手段是怎么来的……”安瑶打趣道，继续看书。

“小瑶啊，你知道我们哪点不同吗？”雅雅低声问。

“嗯？哪一点？”

“我哥哥说，其实你比我漂亮得多，有魅力得多。但问题是，我知道这一点，不跟你比，于是我更容易得到自己想要的东西。而你呢，你一直对自己的魅力不自知，对什么都漫不经心。对男人来说，他们的征服欲往往被像你这类的女子吸引，因为你在他们眼里非常神秘。你让人琢磨不透。”雅雅侧过头，看着安瑶。

安瑶不敢相信自己的耳朵，这是雅雅说的话吗？几时不见，为何她好像看破世间红尘般地成熟起来。原来，一段感情的力量如此巨大。它让人敏锐，睿智，更加学会忍耐。

经历过真正爱情的女子，往往比同龄的那群人更加谙晓世事。仿佛树立起一面旗帜，彰显曾经享有过的悲欢离合。

“雅雅，我发现你长大了。”安瑶说。

“是时候长大了。你忘记我快要当妈妈了吗？”雅雅笑着说。

“小瑶，我一直觉得自己比你幸福。虽然Silver爱的是你，但一直以来，拥有他的始终是我。现在有了他的孩子，我感觉和他血液相溶，血脉相通。谁也无法把他从我身边夺走。”

“雅雅，你不必惦念从前。那些都过去了，我也已经在英国有了男朋友。”安瑶在说谎，她迫不得已。

“哦，那再好不过。小瑶啊，我一直想不通你怎么就有那般魅力。哥哥为你伤透了心，Silver也爱你爱得至死不渝。你知道吗，每次他喝醉，即使抱着我，他喊的也是你的名字。”

“是你听错吧……”

“不是。这么长时间，我一直告诉自己，就算是做你的代替品，我也要陪在他身边。我爱他，他应该属于我。”

“雅雅，他现在已经是你的。他一直是你的。你也有了他的孩子，不是吗？”安瑶合上书，平静地说。

“对，我有了他的孩子。他会扫除我们之间所有的不愉快，他可以成为婚礼上我和他爸爸的那句誓言。他是我的一切。小瑶你知道吗，他真的是我的一切。”雅雅眼角有些湿润，她起身拉过安瑶到自己身旁，轻轻地环住她，抵在她的肩膀上喃喃细语。

“小瑶，我的生命与他共存。现在他是我拥有Silver的唯一手段了……”

* * * *

丁零零——

安瑶房间的门铃急促地响起，她心烦意乱地从床上爬起来，披了件衣服来到门前。

“谁啊？”

“我，小瑶，快开门，雅雅出事了！”Silver紧张的声音从门外传来，安瑶迅速打开门。

“出了什么事？”

“她从楼梯上摔下来，现在正在医院急救。医生说孩子很可能无法保留住。”Silver严肃地说，却没有太大的悲伤感。

安瑶看着，这一秒她突然体会到男人是多么可怕的异体。若不爱，他们可以冷酷，甚至理智到残忍。

“怎么会这样？！”安瑶迅速找出衣服，示意Silver进房间说。

“我也不知道，我在楼下等她，准备带她出门吃宵夜。结果就听到咚的一声，再看她已经摔倒在地，满身是血……”Silver回忆着，此时脸上才微微流露出脆弱的神情。

安瑶走过去抱住他：“别担心，我陪你去医院。”

“小瑶，她还在抢救。万一……”

“没有万一。Silver，相信我，她那么爱你，一定会为你活下来。”安瑶肯定地说。

医院的长廊上灯火通明，抢救室一直亮着红色的灯。雅雅的妈妈坐在椅子上一脸焦急，她的爸爸正在出差无法赶到。夏溏秋也是来回不安地走。安瑶坐在雅雅母亲身旁，一直握着她的手，让她不要太担心。Silver从外面买来些热饮和点心，即使他知道现在这个时刻，谁都吃不下。

几个小时后，指示灯终于熄灭，主刀的医生从里面走出来。对外面坐着的一群人来说，真的好像过去几万年。

雅雅的母亲首先冲上前，焦急地问："大夫，我女儿怎么样了？"

"啊，您是她的母亲是吗？"大夫轻轻扯下口罩。

"请放心。您女儿已脱离生命危险，不过需要观察一段时间。"

"那孩子……"雅雅母亲试探性地问。

"对不起，我们只能尽力保住母亲，孩子已经流掉了。"

雅雅母亲的脸上现出无限哀伤，但她想到只要雅雅安然无事，迟早还会再有孩子的。

"哦，对了。"原本走远的医生又折返回来，想到什么似的和雅雅母亲说，"由于病人的子宫遭到严重损害，很有可能今后会失去生育的能力。"

"您是指……"雅雅的母亲试图不去理解医生的意思。

"她很可能无法再怀孕。"

…………

安瑶不敢相信自己的耳朵。几天前还笑嘻嘻地和她开玩笑，诉说小宝宝又在踢她肚子的雅雅，不但丢了孩子，竟同时失去一个做女人的基本权利。

她再也不能有Silver的孩子。

安瑶又想到那晚她和自己说的话，如此以来，雅雅会不会觉得自己完全被Silver抛弃了呢。她的那些所谓的手段，竟在刹那间灰飞烟灭。

“小瑶，雅雅醒了，你要不要进去看看她？”Silver从病房走出来，对着坐在塑料椅上的安瑶说。

“啊——为什么……我的孩子……”随着一阵玻璃破碎的声音，病房内传来失控的哭喊声。安瑶不忍目睹雅雅的痛苦，她站起身。

“我还是等她好些再来吧。”

“她知道自己不能怀孕了。”Silver说。

“为什么？你告诉她了？！”安瑶气愤地瞪着Silver。

“她早晚要知道真相。不过我向她保证，在她妈妈面前，从此以后我都不会离开她。待她一出院，我们就结婚。”Silver说着，好像已经深思熟虑很久。

“这是最好的。”安瑶接着说，“现在这个情况，你是她唯一的精神支柱。你需要和她一起渡过难关。”

雅雅身体恢复得异常迅速，医生感慨，这是年轻的益处。

一周后他们商量着该让雅雅出院，并请好家庭医生做辅助看护。雅雅貌似没什么大碍，虽然身体有些虚弱，但伤口愈合极为乐观。安瑶也放下心来，订了回程的机票。她快要开学，这个风风雨雨的假期总算过去。她需要面对一科又一科的升学考试。

然而雅雅的母亲发现一个更为可怕的事实。

随着时间的推移，雅雅开始神志不清。

她时常一个人坐在床上傻笑，情绪反复无常。有一天，竟然认不得自己的照片。她总是絮絮叨叨地嘀咕些什么，雅雅的母亲曾凑过去仔细听，不禁更加担心。她不停地说，是Silver听了安瑶的话，才把她从楼梯上推下来。她一遍遍地念着，是她，是她，是她让Silver推下我。是她杀了我的孩子……

经过医生的诊断，他安慰雅雅的母亲不必担心，这只是暂时的神经错乱，是突然的意外打击造成的情感崩溃。缓和一段时间后，原有的判断力就会恢复正常。

安瑶知道后也甚为担心，她和夏溏秋商量，自己还是不要去看望雅雅。

十四、殒

4月19日的清早，安瑶来到医院，准备再看雅雅一眼，并与Silver等人告别。她的返程航班是明日中午。

走在医院的长廊里，她突然胸口沉闷得厉害，右眼突突跳个不停。她推测应该是自己没有来得及吃早饭的缘故。自从雅雅的精神不稳定，她便一直选择她熟睡的时间段去探望她。她不想让她看到自己，并因为这个病情恶化。

她想，病人需要平静的修养空间。于是不管夏溏秋如何劝说，一直坚持在深夜或清晨去医院。几天来，她瘦了很多，黑眼圈也越发明显。Silver看在眼里，虽然嘴上什么都不说，但心疼无比。

来到住院部，安瑶走向那个她再熟悉不过的病房门前。透过玻璃她看到Silver在雅雅床边昏昏欲睡，还好，雅雅睡得很香。

她悄悄地推门进去，生怕吵醒了雅雅。

Silver听到声音，知道是安瑶，站起身让安瑶坐。

安瑶摆摆手，对着他笑了笑。

“你又来了？”Silver压低声音问道。

“看你的熊猫眼，昨晚睡了多久？”

嘘——安瑶打着手势示意他再小声些。她伸出3个手指。

“才3个小时？！你这笨蛋，你也想病倒吗？”Silver有些不满，“你病了我就会内疚死的。我不是超人，可不能分身照顾你们两个。”他的声音微微抬高，安瑶知道他是真的在担心自己。

“你吃早饭没？”Silver又问。

安瑶摇摇头。

“真拿你这个笨蛋没办法。”说着Silver便拉起安瑶的手就往门外走。

安瑶瞪大了眼睛，不明所以。

“笨蛋，当然是带你去吃早饭喽！”

Silver拉着安瑶走出病房，他知道雅雅一般会睡到8点多。他想吃完早饭再回来，顺便帮她买些热粥，还有她喜欢的凉菜。

病房门轻轻掩合，Silver的身影消失在门外。

雅雅突然睁开双眼，几滴热泪顺着她的眼角仓皇滚落，她悄无声息地钻进白色的枕头里。她其实早就醒来了，从安瑶走进来的那一刻。她听到她的脚步声，当然还有他们的对话。

雅雅翻身下床，赤着脚走出房门。

…………

“要回去了？”Silver和安瑶并肩往住院部的出口走去，他问道。

“嗯，明天的飞机。”

“在那边好好照顾自己，等你回来，搞不好我已经是已婚男士了。”Silver低着头，有些自嘲的味道。

“呵呵，那我提前恭喜你。”

“恭喜什么？”

“你结婚啊。我最好的朋友，还有我最爱的雅雅。”安瑶笑着看向身边的Silver。

“你这是真心话？”

“当然……”安瑶不假思索地回答，看着若有所思的Silver继续说，“我走后，你也要好好照顾自己，这些天你也瘦了不少。你要……”

啊——

一声惊骇的尖叫，刺穿了安瑶的耳膜，她慌张得和Silver面面相觑。

快，快来人啊——有人要跳楼啦——

Silver拉着安瑶的手迅速走到医院楼外，寻着呼喊的女护士指的方向抬头看去。

在住院部高高的楼顶上，一个小小的身影，穿着纯白的宽大病服，坐在危险万分的矮墙上，长长的栗色头发随风飞舞。一瞬间安瑶快要昏厥，幸亏Silver及时扶住她。

那不是雅雅，还会有谁呢……

“雅雅，雅雅她怎么会在那里……她不会……”安瑶不敢想象。

“她可能听到我们的对话。”Silver皱着眉说，“安瑶你快报警。”随即对还在过度惊吓中的护士大声说，“快去找人准备急救！”

护士如梦初醒，立刻跑进楼内。

“安瑶，安瑶你听我说……”Silver用力扳过安瑶的肩膀，让她正对自己。

“我现在就上去找她，相信我，别害怕。”说完他迅速在安瑶头上留下一吻，转身冲向主楼的电梯。

安瑶抬头看着尚在楼顶的雅雅，正俯视着楼下越来越多的人群，无动于衷。她无法看清雅雅的表情，只能感到越来越多围观的人在指指点点。

她什么都听不到，像一只迷失方向的小鸟，在暴风雨的夜里四处冲撞。

身体不停地被人群挤来挤去，她不懂，为何人们如此热切地想要看清与自己根本无关的事故。楼顶的雅雅，他们甚至不知道她是谁，却以一种格外好奇的表情，等待她的下一步行动。

这一刻安瑶才看清，人是多么自私的生命体。

雅雅，雅雅，不要做傻事……安瑶闭上眼睛不停祈祷。

“天哪，她跳下来了！”

不知是身边谁的喊声霎时迸发，安瑶惊恐得再一次抬头。

她惊恐地看到，雅雅迅速下坠的身体。空气灌满了她白色的裙子，连同她的头发，像漩涡中的海藻，相互纠缠着勒紧安瑶的身体，带着她一同沉入海底。雅雅脸上漾满无助的恐惧。她睁大双眼，还张着嘴，似乎在喊安瑶的名字，又似乎在喊救命。她漂亮的脸被空气强烈扭曲，面朝下向安瑶扑过来。

越来越近，越来越近。雅雅过分惊悚的脸不断扩大。

啪——

一团猩红的血炸裂开来，飞溅四处。

安瑶在雅雅脑浆喷溅的那一秒，恐惧万分地闭上双眼。

她渐渐向后倒去，却有一双手，在黑暗中扶住了自己。

…………

"Ann，Ann……"数学老师突然在前面叫着出神的安瑶。

"喂，老师让你回答问题！"一旁的冰推推安瑶。

"什么？！"安瑶立刻回过神，她看向白板，上面的字朦朦胧胧。

"Ann，请你来解这道题。"

安瑶走上台，拿起笔，停顿片刻便迅速写下一步步的解题思路。

恍然间，雅雅去世已经一个月。

她的葬礼，在南山墓园举行，没有火葬。Silver也参加了。据说这些是她遗书上表达的愿望。

“Ann，Ann……”数学老师在前面叫着出神的安瑶。

“喂，老师让你回答问题！” 一旁的冰推推安瑶。

“什么？！”安瑶立刻回过神，她看向白板，上面的字朦朦胧胧。

人们在她的枕头下发现一张泪迹斑斑的草稿纸，上面没有日期，但应该是她自杀前一天所写，只有区区几行字：

请原谅我的不告而别。爸爸妈妈还有哥哥，我非常爱你们。

我也爱你，小瑶，我真的一直把你当作亲生姐姐看待。但是，命运弄人对吗？我们同时遇到了Silver。我们都爱他，爱到迷失自己……你还是胜利了。

你们知道Silver的孩子是我的一切，失去他，我便不想再活下去了。

最后请务必让他参加我的葬礼，这样即使不能穿着婚纱同他牵手，我也可以看他……最后一眼……

夏溏秋后来告诉她，葬礼上雅雅的母亲抱着雅雅的墓碑号啕大哭。昔日高贵优雅的妇人此时俨然失魂落魄的家庭主妇。她披散着头发，冲上去猛力地抽打Silver的脸。尖锐的指甲在Silver的脸上留下一道道血痕。她像一只发疯的母兽，要找Silver拼命。而Silver只是低着头一句话不说，亦不闪躲。

他问她，小瑶，你会不会原谅他？

那天安瑶没有回答。

她不知道可以说什么，雅雅走了。她深知Silver也有他的难处，她怪不得任何人。

安瑶在想自己是否终于完全长大，她想起之前在哪里看到的一句话：成熟的标志，便是发现越来越少的人，可以去责怪。

她曾躲在房间，整整一周没有上课。每晚都会看到穿着白裙的雅雅，在自己的床边走来走去，轻轻地说话。说着说着，漂亮的脑袋就炸裂开……学校向她提出委婉的建议，问她是否考虑休学。然而她左思右想，最终还是没有采纳校方的建议。

Silver还是持续给她发电子邮件，他明明受到比自己还要正面、还要直接的打击，但他为何要假装坚强地鼓励自己。安瑶不懂，但她深刻地体会到，事到如今，雅雅已经不在，自己的心，也在她坠下楼的那一刻，化为泡沫。

她终于打起精神给Silver回了一封邮件。

邮件这样写道：

Silver，我一直对一句话深信不疑——破镜固然可以重圆，但裂痕还在。

我的的确确在责怪你，却同时也在怪罪自己。我们都已经是背负罪名的逃犯，各自囚禁在狭小的牢笼里，从记忆的边缘落荒而逃……

如果你真的曾爱过我，就请你离开我的生活，永远不要再出现。

同样，我也会放弃对你的一切记忆，消失在你的世界。

我爱你，所以我会逃亡于传说中的日不落……

一辈子。请你一定一定，遵守这个承诺。

十五、故事结束，爱情继续

Silver婚礼的那天，原本晴空万里的早晨竟在安瑶和周乐到了现场后下起了淅沥的细雨。

周乐撑开伞开着玩笑，说怎么英国的天气，也被安瑶病毒似的带回国内。他没有留意到，安瑶脸上那片无限哀伤的氤氲。

安瑶轻轻拉住周乐的手，在教堂外停住。

“我们坐最后一排。”

“为什么？”周乐不明就里反问道。

安瑶没有回答，只是默默地走进去。她修长的深蓝色裙摆垂在地上，一路被深深浅浅的积水打湿。从远处看去，好像一幅被泪水晕开的水墨画。

教堂内人头攒动，婚礼马上就要开始。

突然有人拍了拍安瑶肩膀。

“晓瑶，婚礼都要开始了你怎么还不换衣服呢？”

安瑶没有回答，只是默默地走进去。她修长的深蓝色裙摆垂在地上，一路被深深浅浅的积水打湿。从远处看去，好像一幅被泪水晕开的水墨画。

安瑶一回头，看到一张陌生的脸。

“哎呀，对不起！”那人连忙道歉。

“你长得和新娘子真是太像了！”她边说边打量着安瑶，“乍一看真是一模一样。吓我一跳呢……”

安瑶不发一言，恬静地笑着。

她恍然大悟，为何Silver的母亲无法辨识出自己和Silver未婚妻根本不是同一个人，只是说出粥的味道有所差别。

原来如此……

她的眼泪再次低吟浅唱。Silver一直坚守着他的诺言，他没有不再爱她。

他只是，爱上了另一个自己。

左手拿试管，右手击键盘

——姜晓彤访谈录

杨 罡

按语：《日不落的逃亡》即将付梓，作为本书的出版策划人，突然想起，自己竟然至今没有跟本书作者姜晓彤直接交流过一次。一个周末的黄昏，我们终于在网上相见了。彼时，远在万里之遥的英格兰，姜晓彤好梦方醒，晓妆初毕。没想到，从她的留学生活、写作到本书的创作过程，我们一聊就是将近两个小时……

关于留学

杨 罡（以下简称“杨”）：你初中毕业后就到英国念书去了。当时的成绩很好，同学和老师都很看好你，为什么选择到英国留学，是自己的决定，还是父母的决定，还是两者兼而有之？是出于什么考虑？

姜晓彤（以下简称“姜”）：选择到英国留学，完全是出于自己的决定。因为不想沿着老师和家长期望的路走，从重点高中到重点大学，然后从事一份事前安排好的工作。我想把自己抛到一个陌生的环境，独立成长与学习。我个人喜欢接受挑战，新的环境更能锻炼我。

杨：恕我直言，害怕在国内参加中考与高考吗？

姜：呵呵，我不怕中考或高考，考试是验证努力程度和心态的一种方式。但我怕经过长期努力后考得不甚理想。那才是最悲哀的。万一那样，会打击我的自信心，让我看低了自己，甚至完全否定自己。

杨：你2005年9月开始到英国念书，今年是第6个年头了。对中英两国的基础教育与高等教育，肯定有许多感受吧？

姜：中国的基础教育非常出色。比如，在英国，基本上所有留学的中国学生在数学方面都比英国学生优秀。但是国内从高中之后太过强调所谓的“主科”，忽视了学生对其他学科偏爱的重要性。我觉得学生有权利选择自己喜欢的科目，不应该人为地剥夺这种权利，很大程度上那将会成为他们今后发展的方向，比如，国内绝大多数普通高中，体育、音乐、美术课都取消了，使很多有这方面兴趣的学生失去了继续学习的机会。至于高等教育，我没在国内上过大学，不便多说。不过，我想斗胆在这里提个建议，各所大学不妨做一个调查，看看自己的学生们通过多年的高等教育到底有没有学到什么，学生自己也可以做一个评估，接受3年、4年甚至更长时间的高等教育后，自己学到了多少，是否能够学以致用，大学毕业后是否能够很快适应社会。

杨：决定去英国留学前，对英国的高中、大学教育有过了解吗？

姜：当然。去之前对英国的高中和大学教育做了深入了解，因为不想去了之后手足无措。

杨：你认为，英式教育与中式教育有何不同？

姜：最大的不同是英式教育重视对个人兴趣的培养。在英国，学生不需要同时把数学、物理、化学、英文再加上另外一种语言学得出神入化。英国高中的科目非常广泛，从各种语言到经济再到传媒戏剧，你只要选4科并学好就可以了。还有，英国的考试不是一考定终生的，重考是允许的。英式教育就是反应试教育。选择你感兴趣的东西学，培养学生对某项事情的热爱，给学生一个自我发展的空间。就好比岩石上的一滴水珠，从任何一个方向滚落都可以。在英国做学生，感觉自己完全是自由的。

杨：你虽然没有在国内上过大学，但我相信，你对国内高等教育还是有所了解的。国内的大学与英国的大学，更喜欢哪个？

姜：英国的大学是因材施教，对于学生要求非常严格。我所读的大学排英国前十，学生压力很大，毕业率也相对较低。但就是因为这种压力，才能使学生真正发奋学习。单从高中、大学来讲，我个人可能更喜欢英国的高中、大学，要不，我不会选择到英国来读书。

杨：现在，到国外留学的学生逐年增多，你对后来者有何建议？

姜：一句话，如果你来这里不是真的想提高自己，不具备自主学习与独立生活的能力，那就最好不要考虑到国外来，因为要花不少钱，还要吃很多苦。

杨：你今后有何打算？学成后，留在英国，还是回国发展？

姜：因为我主修化学，所以我希望先在英国本地的公司工作几年。等积累一定的经验后，我会选择回国。

杨：长期在英国接受教育，是否担心自己变成“香蕉人”？

姜：呵呵，“香蕉人”这种说法存在歧视。相比只能挂在树上一动不动的香蕉，我更愿做“海龟”。在中国成长的16年已经让我对中国文化有了一定认识和理解。另外，我在英国，也能读到很多相关的书籍。我喜欢中西文化对自己的冲击感，并自信可以在这方面掌控得游刃有余。

杨：请谈谈你作为一名大学生在英国的日常生活。据我所知，与绝大多数中国大学生不同，日本、欧美等一些西方发达国家的大学生，通常一边要发奋读书，一边要努力打工，忙碌而清苦，你在英国打工吗？打工给你带来了什么？

姜：上高中时因为住校，所以我没有打工的机会。不过从上大学开始，我先是在慈善商店帮忙，不久就开始正式打工。这一点我和英国学生一样，我不希望自己在20岁的时候还是一切都要父母掏钱，那样我觉得是种亏欠。第一次打工让我明白真正意义上金钱和辛苦的对等。钱不是那么好赚的。打工时会遇到很多生活在不同阶层的人，这使我感触很深。

杨：你在英国，有亲戚朋友吗？有多少同样是由国内到英国留学的同学或朋友？你跟英国同学关系如何？如何与英国同学相处？在英国生活多年，语言交流上应该没有问题，文化传统、思想观念、思维方式差异大吗？你认为你至少部分融入了英国社会吗？

姜：我在英国没有亲戚，但是到那边后认识了很多朋友。从中国来这边的学生也不少。我和英国同学的相处在高中时就开始，交流思想不会有问题，但仍然存在某些差异。对我来说融入英国社会是必然的生存方式，入乡随俗是聪明的。

杨：一年回国几次？一次能在国内待多久？

姜：在高中时每次放假都会回国，一年是3次，圣诞节、复活节、暑假各一次，每次不到一个月。不过上大学后因为要打工或复习考试，一般一年只能回去一次，每次一两周时间，为了看望父母，让他们放心。

杨：请简要介绍一下你所经历的英国中考与高考。与中国的中考、高考有何不同？

姜：英国没有所谓的中考和高考，顶多被称为升学考试。考试是按照分数划分等级，每科考试的次数一般按照所学的单元来定。大多数考试会在1月和6月进行，如果1月发挥失常，6月可以选择重考。英国的高中是两年，两年内每次考试的成绩都会算入升大学的最终评分中。

杨：请简要介绍一下你曾经就读过的初中、高中、现在就读的大学。

姜：在国内我就读的中学是省模范学校，对学生要求异常苛刻，比如，女生需要剪短头发，等等。来这边后的高中是一所私立学校，对海外留学生的名额有一定控制。现在就读的大学是英国最好的学习化学的高等学府，也是我高中化学老师推荐的大学。师资力量非常强。

杨：为什么选择化学专业，是受母亲的影响吗？据我所知，你母亲就是学化学出身的。

姜：不瞒你说，我一直以来都不知道父母在大学到底学了些什么，他们也从未和我提起过或讨论过。我选择化学，是因为讨厌经济并且偏爱理科。更重要的一点是，我喜欢我高中时的化学老师，是他让我对化学这一科目产生了浓厚的兴趣。

杨：下面这个问题，请不要介意。听说，你曾经志在考上牛津大学？后来为什么没有考上？

姜：是的，没有考上，准确来说，是没有通过面试。英国名牌大学大都需要面试，以我的成绩足够可以去英国任何一所大学，但面试才是关键。

杨：面试都考了一些什么？牛津大学怎么可以把一个我们认为品学兼优的学生挡在门外？

姜：呵呵，这说明我还需要继续努力。

杨：听说你还会卷土重来，下一步的目标是考牛津的博士？

姜：这个，暂时无可奉告。——北京的天气还好吗？

关于写作

杨：什么时候开始喜欢上写作的？也是因为喜欢一位老师吗？

姜：呵呵，不全是，就是自己喜欢写，从小学六年级就开始写，一有空就写，不停地写，一直没停过。

杨：为什么要写作？

姜：写作是心灵释放的一种方式。

杨：这么喜欢写，出过成果吗？

姜：嗯，我想想。从小学六年级开始，到初中毕业，大概写过将近100篇吧，其中有10多篇在报刊上发表过，还有几篇在征文比赛中获过一、二、三等奖。算成果吗？

杨：算，当然算，至少我认为算。4年不到，写了上百篇文章，很高产嘛。

姜：呵呵，谢谢！

杨：你学化学的，却喜欢写作，听起来，有些不务正业呀。更喜欢化学，还是更喜欢写作？

姜：这个问题，就好比问小朋友更喜欢爸爸还是更喜欢妈妈。化学和写作相当于我的左右手，我用左手拿试管，用右手敲击键盘。

杨：中国已故著名物理学家钱学森说过：搞科学的人，要懂点艺术。你是如何理解这句话的？

姜：我非常赞同钱学森的观点。就像爱因斯坦会拉小提琴一样，从事科学研究工作的人当然也应该有一些其他爱好，科学家也有追求生活情趣的权利，而且，艺术可以赋予科学工作者以灵感与丰富的想象力，至少也是一种很好的调剂。做学问，搞科研，不能搞成书呆子。科学与艺术其实是相通的。

杨：2005年，钱学森对中国教育存在的问题向温家宝总理表达了深切的忧虑，并提出了著名的“钱学森之问”，即“为什么我们的学校总是培养不出杰出人才？”2009年10月31日钱老逝世后，“钱学森之问”再次被人们提起，立刻在全国范围内引起广泛思考与热烈讨论。对此，你有何看法？

姜：大声提出问题是非常重要的，也是非常必要的，大力解决问题则更为重要，也更艰难。罗马不是一天建成的。改变现行的中国教育体制存在的弊端不是一两天就能完成的，需要全社会的理解与支持、家长与学生的认同、教育工作者的身体力行，一句话，还需要我们人才观念的转变。

杨：越谈越深刻，越聊越沉重，咱们聊点别的吧。对你影响最深的一本书是？对你影响最大的作家是？

姜：对我影响最深的一本书是《窗边的小豆豆》；对我影响最大的作家是鲁迅和村上春树。

杨：你喜欢阅读哪类图书？中文图书与英文图书，各占多大比例？

姜：我喜欢心理、悬疑、侦探和写实类的长篇小说。中英文图书的比例大概是2：1。

杨：尝试过用英语写作吗？是否选修过英国文学？

姜：英国文学是我一直希望选修的科目，但是由于对莎士比亚的热情不够，我最终没有选择这一科，英国文学好像大部分时间都在研究莎翁（笑）。尝试过用英语写作，但我更愿意用汉语写作，在一个充斥英语的世界用汉语写作，让我觉得其实自己离祖国很近。

杨：科学家与作家，如果是今后可以从事的两种职业，你更想从事哪种？

姜：我很贪心，这两项都是我向往的。

杨：在写作上，有何野心？你认为什么样的作品是好的作品？

姜：我希望自己今后可以创作出更加深刻和耐人寻味的作品。我认为理想的作品应该有一只无形的手，能牵动读者们的心灵与情感。

杨：在当代中国，低龄化写作已经成为一种新的文学现象，不止是在报刊上发表小豆腐块，他们当中年龄最小的甚至在10岁左右时就开始出版自己的图书，比如与你同龄的青年作家蒋方舟、比你年龄小4岁的青年作家原筱菲等。英国有类似的情况吗？你如何看待这种现象？

姜：我个人认为，一个人的才气是和年龄无关的，与国家也毫无关系。英国有很多年轻人喜欢作词作曲，或者是自排戏剧，也很有才华。我认为有能力的人就应该被社会关注，有个性、自信和特长是好事，需要被提倡。年轻一代人创作出来的文字可以使中国文学更加丰富多彩，生机勃勃，让年轻的文字唱歌，何尝不是件好事呢。

关于《日不落的逃亡》

杨：《日不落的逃亡》印张篇幅有10万多字，属于小长篇。这是你的长篇小说处女作吗？为什么想到写这样一个故事？

姜：是的，这是我第一次写长篇。故事的骨架是出于自己的一次梦境。

杨：故事的主人公之一安瑶为情所困，最后也选择到英国留学。经历如此相似，在安瑶身上，是否有作者本人的影子？作者有过类似的恋爱经历吗？

姜：坦白相告，写作时我确实把自己放在女主角的位置上，用自己的心情操控她的一举一动。但是故事是现实的升华，我的恋爱经历不及她那般轰轰烈烈。

杨：本小说在故事情节的虚构性与真实性上，两者各占多大比例？

姜：如果真实的情节是米饭，那虚构的成分就是餐桌上的所有物品。

杨：把故事写成一个“有情人难成眷属”的悲剧，并让安瑶、雅雅、silver三人直面友情、爱情与人性的鲜血淋漓的残忍折磨，是情节的需要，还是作者的蓄意安排？为什么这样安排？

姜：这样的故事情节，是像潮水一样自然涌动的。没有刻意安排的成分，我想很多作者会有这样的体会，故事写着写着，它自己就会开始叫嚷说想要一个怎样的结局。

杨：你相信爱情吗？可否谈谈你本人的爱情观？

姜：首先，我相信爱情，正如我相信亲情与友情一样。的确，爱情有时候就是昙花一现，电光一闪，但你不能说昙花没有开过，闪电没有掠过天空。其次，我个人认为真正的爱情是唯美的，超现实的，比如少女的爱情、老年人的黄昏恋。充满物质与利害关系的爱情，其实它的本名应该叫婚姻。另外，我个人认为，爱情没有早晚之别。早恋也是爱情，晚恋也是爱情，问题的关键是，你是否爱得起，爱得起，你就爱，爱不起，没有能力爱，就暂且别爱。总之，爱情是一种自然流露的美好感情，不是罪过。

杨：silver对雅雅没有真爱，他们是在双方均失恋的特殊情况下、在错误的时间认识的，但他真正喜欢的人是雅雅的好姐妹安瑶。仅此一点，足以让对爱情如飞蛾扑火般的雅雅走上绝路。但故事临近尾声时，小说突然交代silver与夏雅雅是同父异母兄妹（与雅雅同父异母的哥哥夏溏秋也是），作者似乎还有更多的话要说，有更多的思想将要表达，结果却仅点到为止，并没有展开去。给人的印象是，作者将雅雅及其与silver的感情，写成一种必然的死亡。雅雅为什么非死不可？

姜：我喜欢干净利落的结局。年少的人在爱情中极端脆弱，夏雅雅的死是对现今青少年的一种善意的提示。如果要爱，就要爱得起。不然，从最初相爱的那一刻起，一切都不要太过用力。

杨：如果我的理解没有错的话，安瑶、夏雅雅、silver，甚至包括夏溏秋在内，他们是1985年后出生的部分家境富裕的城市青年的典型代表，即所谓的“富二代”，在某种程度上，某些父母在生活上的玩世不恭和在感情上的逢场作戏、亲情与家庭教育的缺位、伦理的错位、道德的沦丧等，实际上在很大程度上影响了安瑶、夏雅雅、silver、夏溏秋等人对待感情与人生的态度，并最终导致了这一场爱情悲剧。如果上述理解成立，那么这部青春爱情小说的现实意义与社会批判性就显而易见了。

姜：聪明的作者不评价自己的作品，读者永远比作者聪明，我希望做一个聪明的作者。更何况一部小说一旦完成，它在客观上已经独立于作者之外，每一位读者都会有自己不同的理解。我只想说，在一个人的成长过程中，仅有富裕的物质生活是不够的，还需要来自家庭的温暖、感情上的补给、心灵的抚慰。每一个孩子都是人，不是植物。

2010年2月22日

杨罡　图书编辑，出版策划人，现任北京凤凰树版权代理有限公司总编辑兼总策划人。近年成功策划出版《大国民》、《记者站长》、《首席检察官》、《弹剑歌》、《乱世红颜》、《百案说法》、《醒园深处》、《书法美学资料选注》、《新编宋本仲景全书》等一批优秀图书，产生较大社会反响，其中部分图书荣获共青团中央等相关单位授予的“五个一工程优秀图书奖”，并被改编成影视剧搬上荧屏。

图书在版编目（CIP）数据

日不落的逃亡/姜晓彤著. －北京:作家出版社,
2010. 6

ISBN 978－7－5063－5415－8

Ⅰ.①日… Ⅱ.①姜… Ⅲ.①长篇小说－中国－当代
Ⅳ.①I247.5

中国版本图书馆 **CIP** 数据核字（2010）第 103770 号

日不落的逃亡

作　　者：姜晓彤
责任编辑：秦　悦
装帧设计：凤凰树
出版策划：凤凰树
出版发行：作家出版社
社　　址：北京农展馆南里 10 号　**邮码：**100125
电话传真：86－10－65930756（出版发行部）
86－10－65004079（总编室）
86－10－65015116（邮购部）
E－mail：zuojia@zuojia. net. cn
http://www. zuojia. net. cn
印刷：三河市北燕印装有限公司
成品尺寸：152×230
字数：130 千
印张：12.25
版次：2010 年 7 月第 1 版
印次：2010 年 7 月第 1 次印刷
ISBN　978－7－5063－5415－8
定价：22.00 元